Edmund Hahn

Tat und Gedanke - Roman

.

Edmund Hahn

Tat und Gedanke - Roman

ISBN/EAN: 9783744645874

Hergestellt in Europa, USA, Kanada, Australien, Japan

Cover: Foto ©Andreas Hilbeck / pixelio.de

Weitere Bücher finden Sie auf **www.hansebooks.com**

That und Gedanke.

Roman

von

E. R. Hahn
(Edmund Reinhold Hahn.)

Leipzig.
Gustav J. Purfürst.

I.

Die Geschwister.

Unter einem großen Birnbaume, der reich mit goldenen Früchten besäet war, saßen drei Kinder und spielten mit den kleinen Kugeln von Glas und Thon, welche in jedem Staate Deutschlands einen andern Namen haben. Ein hübsches Mädchen von etwa zehn Jahren trat zu der Gruppe und wurde gebeten, eine Geschichte zu erzählen, wozu es auch sofort bereit war. Die muntre Julie rief jubelnd: „das ist herrlich, Mathilde, lasse uns doch wieder das schöne Märchen hören von den drei Schwestern, welche in den Wald kamen, wo alle Bäume silberne und goldene Blätter hatten."

„Dummes Zeug," sagte ein großer auffallend schöner Knabe, „es giebt keine Wälder mit solchen Bäumen, wäre es so, dann würden alle Leute hin= laufen, sie abzupflücken; aber es ist besser, ich kümmre mich nicht um Euch und Eure dummen Geschichten, sondern gehe meinen eigenen Weg."

Nach diesen Worten schüttelte er den Baum und füllte seine Taschen mit Früchten.

„Dieser Baum gehört Dir nicht, er ist des Nachbars Eigenthum," rief zürnend Leonhard.

„Dummer Junge, es kommt dem jüngsten Bruder nicht zu, den älteren zu hofmeistern. Wenn Du es für Unrecht hältst, daß ich mir von den unzähligen Birnen einige abschüttle, so thu es, mich kümmert es wenig, Du brauchst ja keine davon zu kosten."

Nach diesen Worten kehrte Arthur, so hieß der schöne Knabe, den andern Kindern den Rücken und schlenderte hinab nach dem Dorfe.

„Es ist gut, daß Arthur sich entfernt," sagte Mathilde, „er kann nichts thun, als spotten und ungezogen sein, mein Vater lobt Euch Alle, oft, allein von Eurem ältesten Bruder sagte Papa noch gestern zu meiner Mutter: an Arthur werden Revierförsters nicht viel Gutes erleben, „er ist ein Egoist."

„Was ist ein Egoist?" fragte die kleine Julie.

Mathilde gab eine ziemlich richtige Erklärung über dieses Wort, die Kinder achteten jedoch nicht viel darauf, sondern wiederholten ihre Bitte wegen der Erzählung, und setzten sich so, daß sie jedes Wort Mathildens deutlich hören konnten.

Während diese Kinder ruhig unter dem Baume
verweilten, ging Arthur langsam hinter dem Dorfe
immer weiter. Zuweilen blieb er stehen und schaute
sich um, denn er wünschte unbemerkt zu bleiben,
dann, als er keinen Menschen gewahrte, ging er
vorwärts bis an den Saum des großen, wohlge-
pflegten Waldes, welcher sich zwischen Arthur's Hei-
matsdorfe und der nächsten Stadt ausbreitete.

Arthur stand jetzt vor einem großen, aber etwas
verfallenem Hause, an welches ein nicht kleiner, aber
verwilderter Garten grenzte.

Wie oft war der Knabe schon bei diesem Hause
vorübergegangen, wie oft vor demselben stehen geblieben. Unzähligemal hatte er sich gewünscht, diesen
Garten betreten zu dürfen, dessen Bäume im Lenz
im vollen Blütenschmucke prangten, und im Herbst
mit edlen Früchten belastet waren. Auch das Haus
erregte seine Neugier, und eines Tages fragte er
seine Eltern, wem denn eigentlich dieses große, ver-
graute Gebäude gehöre und von wem es bewohnt
werde.

Sein Vater hatte damals Arthur's Frage nicht
beantwortet; als der Knabe sie wiederholt, hatte
der Revierförster mürrisch geantwortet: „was kümmert
es dich, Bursche.“

Natürlich war durch diese Erwiederung die Neugier des Knaben noch lebhafter angeregt, und kaum sah er sich mit seiner Mutter allein, so bestürmte er diese mit Fragen.

„Liebes Kind," sprach sie gütig, denn sie war immer mild gegen den geliebten Sohn, „ich weiß es selbst nicht genau, wer gegenwärtig der rechtmäßige Eigenthümer des Hauses ist, welches Du so oft be= trachtest. Es ist verfallen, und Dein Vater hört nicht gern davon sprechen, am wenigsten Dich."

„Mutter, ich habe gehört, daß es bewohnt ist, des Nachts schimmert Licht durch die Fenster, und drinnen soll es über alle Maaßen prächtig sein, die alte Susanne hat es erzählt."

„Diese Frau ist halb taub, halb blind und schwatzt viel, achte nicht auf ihre Worte und schlage Dir das Haus und dessen Bewohner aus dem Sinn!"

Seit dieser Unterredung waren drei Jahre ver= gangen, der Knabe hatte wohl an das Haus gedacht, war aber nicht hineingekommen. Heute jedoch drückte er an dem Schloß der Eingangspforte dieses, für Arthur merkwürdigen Hauses, sie sprang auf, er trat ein.

Ein großer, schwarzer Hund sprang ihm bellend entgegen, aber Arthur beschwichtigte ihn bald. Der Knabe sah sich in der großen Hausflur um, sein Tritt hallte auf dem steinernen Fußboden wieder, er

betrachtete mit Staunen das künstlich ausgeschnitzte
Treppengeländer, es war zum Theil beschädigt, aber
zum Theil noch immer schön. Langsam, sich fortwährend umschauend, stieg Arthur die Stiege hinan,
schritt über einen langen dunklen Gang, und stand
jetzt vor einer hohen Thüre von geschwärzten Eichen-
holz, an welche er anklopfte.

Er hörte von Innen die Tritte eines Mannes,
ein Riegel wurde weggeschoben, die Thüre sprang
auf. „Ach, Du bist's, mein Junge," sagte der
Mann, welcher Arthur die Thüre öffnete, „tritt näher,
was bringst Du mir, oder was wünschest Du von mir?"

Arthur sah zu den großen, stattlich aber etwas
wild aussehenden Manne mit einer Mischung von
Verehrung und Furcht auf und antwortete: „Sie
haben mir gesagt, daß ich Sie einmal besuchen sollte,
auch wollten Sie mir allerlei Schönes zeigen und
ich sollte die fremde Dame sehn, von welcher man
weiß, daß sie in die Zukunft blicken kann, sobald
sie nur will.

„Gewiß, mein Junge, denn ich habe eine große,
mächtige Liebe zu Dir, aber siehst Du, ich habe die
herrlichen Sachen noch nicht alle hier, und was hier
ist, noch nicht ausgepackt, doch vergebens sollst Du
nicht zu mir gekommen sein, ich will Dich wenigstens bewirthen, folge mir."

Nach dieſen Worten ging der Mann in das Ne=
benzimmer, gefolgt von Arthur, der ſich jetzt in
Umgebungen ſah, die ihn mit Staunen und Ent=
zücken erfüllten.

Das Gemach, in welchem die beiden Bekannten
ſich befanden, war mit aller Pracht und all dem
feinem Geſchmack ausgeſtattet, den man nur in den
Palläſten der Fürſten findet. Der Knabe war ganz
betroffen, als er ſich in den hohen Venetianerſpiegel
in Lebensgröße ſah, dann wandte er ſich zu den
großen Gemälden, die aus breiten goldenen Rahmen
von den Wänden herab ſchauten und flüſterte: „O,
wie ſchön!“ Der Mann weidete ſich an des Kna=
ben Bewunderung, endlich ſagte er: „In das Zim=
mer der Dame, das noch viel ſchöner iſt, kann ich
Dich heute nicht führen, aber ſetze Dich und genieße
das, was ich Dir vorſetze.“

Hierauf nahm der Mann aus einem Wandſchranke
eine ſilberne Fruchtſchaale, welche mit Apfelſinen,
ſaftigen Datteln und Feigen von der beſten Sorte
gefüllt war, Früchte, von welchen der Knabe bisher
nur gehört hatte. Er langte auf den Zuſpruch des
Mannes tapfer zu, und ließ ſich auch den Malaga
ſchmecken, welchen der Wirth dem jungen Gaſte in
einem großen Kriſtallkelche reichte.

„Nun,“ begann Wilfried, ſo hieß der Mann,

„wie gefällt es Dir hier, und wie findeſt du dieſen Wein? Trinke ihn fein langſam und verſpeiſe dieſe Früchte dazu, da wird er Dir nicht zu Kopfe ſteigen. Alſo, ſage mir, gefällt es Dir beſſer hier, als daheim in deinem ſchlichten Jägerhäuschen?"

„Das will ich meinen," antwortete der Knabe, „hier iſt es ja wie man es ſich im Himmel nicht ſchöner denken kann."

„Möchteſt Du immer in ſolchen Zimmern wohnen, Früchte wie dieſe genießen und auch Gewänder haben, welche zu dieſen Umgebungen paſſen, dazu alle Taſchen voll Geld um jedes Ding zu kaufen, das deinen Augen gefällt?"

„Freilich wohl, aber dies wird mir nicht zu Theil", antwortete der Gefragte.

„Warum nicht? Der Menſch kann Alles erreichen, was er ſich vorgeſetzt hat, einem jungen Menſchen mit ſo aufgewecktem Kopfe und ſolchem Ausſehn, wie Du haſt, ſteht die ganze Welt offen. Sage mir ein=mal: was haſt Du bisher gelernt?"

Mit dem Hochmuth eines Knaben, der auf ſeine Schulweisheit ſtolz iſt, erwiederte Arthur: „Ich ſchreibe eine gute Hand und rechne wie der Teufel, im Latei=niſchen, in Geſchichte und Geographie bin ich ſtets der beſte und mein Oheim, der für ſehr ſtreng und auch für ſehr gelehrt bekannt iſt, ſagt: aus mir würde

etwas Tüchtiges werden, er lobt sogar mein Griechisch."
Wilfried lachte.

„Hahaha," daran erkenne ich den Herrn Pfarrer,
also Du sollst studieren, mein Söhnchen? Was wirst
Du davon haben? Wenn Du bis in dein dreiund=
zwanzigstes Jahr Dich geplagt, und wie es in der
Studentensprache heißt, geochst hast, kommst Du als
Candidat mit einigen Thalern an eine Schule oder
wirst Hofmeister bei den ungezognen Buben eines
reichen Edelmannes, verliebst Dich in dessen gute
schöne Tochter, wirst wieder geliebt und ungeachtet
Deiner persönlichen Vorzüge aus dem Hause gejagt.
Doch das verstehst Du noch nicht, ich sage Dir nur
dies, und das wird Dir klar sein. Du wirst als
Dorfpfarrer oder Prediger in einem Landstädtchen nicht
einmal so wohnen, wie in dem einfachen Hause dei=
nes Vaters, statt Weines wie diesen hier wird selbst
an hohen Festtagen Dünnbier Dein höchster Genuß
sein, und Kartoffeln mit Hering werden bei Dir für
eine Leckerei gelten. Wähle Dir einen anderen Beruf,
mein Junge, lerne Etwas, was Dir Geld einbringt,
viel Geld, dafür kannst Du Reisen machen, die Wun=
der des Orientes sehn, und so viel Datteln und
Ananas speisen, als hier zu Lande Heidelbeeren."

„Ananas? ich habe einmal eine Ananas abgebildet
gesehn, ja wer Geld hat, kann auch diese haben,"

erwiederte Arthur, „aber wie fange ich es an, schnell reich zu werden?"

„Das will ich Dir schon ein andres Mal sagen, fülle Dir jetzt die Taschen mit diesen Südfrüchten und komme in sechs bis acht Tagen wieder zu mir, da sollst Du eine ächt spanische Chokolate mit mir trinken, und ich will Dir Manches erzählen. Daheim darfst Du aber nicht sagen, daß Du mich gesprochen hast, sonst wird Dir das Wiederkommen verboten."

„Das weiß ich Herr Wilfried."

„So, ei, wer hat Dir denn untersagt, mit mir zu sprechen, dein Vater oder deine Mutter, mein Söhnchen?"

„Der Vater, wie er allein mit mir war!"

„So! Nun er will eben nicht, daß Du erfährst, wie schön es draußen in der Welt ist; auch weiß er wohl, daß ich Dich gut tractiren kann und wünscht nicht, daß Du Geschmack an Dingen finden sollst, welche Du Dir später doch nicht erwerben kannst. Indeß hast Du ja Deinen eigenen guten Verstand und über Deinen künftigen Lebensberuf muß ein so gescheidter Bursche, wie Du einer bist, selbst entschei= den. In Amerika hat jeder junge Mensch, sobald er zwölf Jahr alt ist, freien Willen, hier ist es anders, also geh, damit Du nicht zur Abendsuppe zu spät kommst und gescholten wirst."

Der Mann schob Arthur noch einige goldene Aepfel in die Tasche, und öffnete die verriegelte Stubenthüre; als ob es ihm jetzt erst einfiele, warf er leicht hin: „wie geht es deiner Mutter? Ist sie krank, ich sah sie noch nie, so lange ich hier bin!"

„Sie ist nicht krank, sie ist in den letzten Tagen zu Hause geblieben," erwiederte Arthur, „kennen Sie meine Mutter?" fragte er nach einer Pause.

Wilfried antwortete nicht, er warf dem Knaben einen eigenthümlichen Blick zu und sagte, indem er eine verabschiedende Bewegung machte: „also in sechs bis acht Tagen kannst Du wieder kommen, zu derselben Stunde."

„Wenn Sie es erlauben, Herr Wilfried," sagte höflich der Knabe.

Der ernste Mann riegelte die Thüre wieder zu, als er allein war, stützte seinen Kopf in die Hände und sah finster vor sich nieder. Er dachte an die Zeit, wo er, ein stolzer, einnehmender Mann zum ersten Mal in das Dörfchen gekommen war, und auch an den Tag wo er in der Stadt Arthur's Mutter zum ersten Mal gesehen hatte.

„Wie anders wäre mein Leben geworden, wenn sie" — murmelte er, „aber jetzt ist nichts mehr zu ändern." Während sich Wilfried seinen Erinnerungen überließ, ging Arthur mit raschen Schritten auf sein Vaterhaus zu.

Er war nicht nur ein selten schöner Knabe, er besaß auch einen lebhaften, hochstrebenden Geist und neben Fleiß und Wißbegier, Abenteuerlust und Genußsucht. Bisher hatte er von der Welt noch nichts gesehn, als sein Dörfchen und die nächste kleine Stadt, in welcher der Bruder seiner Mutter als Geistlicher ein Leben führte, wie es einem Seelsorger ziemt, still, prunklos, den Wissenschaften und seinem Berufe ge= widmet. Ein solches Leben bestimmten die Eltern Arthur, ihrem Sohne; aber sie lasen nicht, oder viel= mehr sie verstanden nicht, in dessen Seele zu lesen, sie bedachten nicht, daß die Bücher, welche Arthur in die Hände bekommen hatte, ihn mit Sehnsucht erfüllt hatten, die Länder zu sehn, die Thaten zu vollbringen, von denen die Schriftsteller erzählten. Arthur zählte erst zwölf Jahr, aber schon hatte er fest beschlossen, nur noch einige Jahre das gute Gymnasium der klei= nen Stadt zu besuchen, und dann in eine große Stadt zu gehn. Er besaß Geist und bereits auch Kenntnisse genug, um einzusehn, daß ein Knabe von zwölf Jahren noch nicht viel unternehmen kann, und daß die Grund= lage zu dem glücklichen Fortkommen eines unbemittel= ten Menschen, Kenntnisse sein müssen.

Als er seine Geschwister noch friedlich neben den beiden andern Kindern unter dem Birnbaume sitzen sah, lachte er vor sich hin; „das sanfte Julchen wird

16

dereinst eine gute Hüterin für ihr Nest abgeben, glücklich wenn kein Regenwetter einfällt sobald sie Wäsche trocknen will, und Bernhard mit den blonden Locken mag sich dereinst auf die Kanzel in Reinthal stellen, ich thu' es sicher nicht.

Die Geschwister sprangen auf, als sie den ältesten Bruder kommen sahen, sagten der kleinen Nachbarin Lebewohl und gingen, den lieben Arthur, — der wenn er dazu aufgelegt war, doch am schönsten erzählte, — bei den Händen fassend, dem Forsthause zu, wo die Mutter sie erwartete.

Glückliche Kinder! was wird euer Schicksal sein? Und welch ein Mann wird Arthur werden, entweder ein bedeutender, der sich und Andern nützt, oder ein Zerstörer des eigenen und fremden Glückes. Je nachdem der Führer ist, welcher ihn leitet.

II

Der Friedhof.

Das Forsthaus von Birkendorf liegt ungefähr einen Büchsenschuß entfernt von dem Dorfe, das sich wie ein langes Band über eine Stunde lang an

einem Flüßchen hinzieht. Es hat nur etwa zweihun=
dert Häuser und Häuschen und ist ein Weberdorf; —
zwischen jedem Gebäude befindet sich ein Obst= oder
Gemüsegarten, manchmal auch ein Kartoffelacker, am
andern Ende, entgegengesetzt von dem Forsthause,
steht das große verfallne Haus, das Arthur besucht
hatte. Der Wald ziemlich groß und an Wild reich,
zog sich hinter dem Dorfe vom Forsthause bis zu dem
großen Gebäude, und bildete eine grüne starke Schutz=
wehr gegen den Wind, der sonst allzuscharf von den
Bergen herab auf das Dörfchen geweht haben würde.

Das einsame große Haus gehörte dem Grafen
Ellernburg, der es wohl seit dreißig Jahren nicht mehr
besucht hatte, er war jetzt ein Mann in vorgerückten
Jahren und lebte am Hofe in hoher Gunst.

Die Kirche des Oertchens und das Pfarrhaus
standen unweit des Forsthauses, der Friedhof, sehr
gut gepflegt in Folge einer Stiftung, welche vor
fünfzig Jahren eine Gräfin Ellernburg gemacht hatte,
war dem Forsthause noch näher. Alte große Linden
beschatteten die Gräber, die alle mit Epheu und
Wintergrün geziert waren. Es war in den letzten
Stunden des Nachmittags, als sich leise die Friedhof=
thüre öffnete; Julie, Arthur's Mutter trat ein; lang=
sam durchwandelte sie den stillen, großen Garten und
stand am Ende desselben vor einem Grabe still, das

schon etwas eingesunken war. Sie legte einen Kranz von späten Rosen auf dasselbe und flüsterte: „gute, gute Mutter!"

Plötzlich fühlte sie sich fest am Arme gefaßt, sie stieß einen Schrei aus und wandte. sich um, Wilfried stand vor ihr.

„Ruhig, Julie," sagte er und seine Augen funkelten, „ich habe keine Waffen bei mir, Ihr Leben ist un= gefährdet, ich will Nichts, als daß Sie mich ruhig anhören."

„Sie haben mir nichts zu sagen, Herr Baron, und ich darf Sie nicht anhören," erwiederte Julie und wollte sich von ihm losmachen.

„Sie sollen und werden mich anhören, Julie," sagte er und hielt ihre Hand fest.

„Warum verfolgen Sie mich, weshalb stören Sie die Ruhe der Todten?"

„Ich sollte meinen, unter dem Rasen schläft Jeder so fest, daß er Menschenwort nicht mehr vernimmt," sagte er spöttisch. „Heute ist der Geburtstag ihrer verstorbenen Mutter, da haben Sie ihr einen Kranz hingetragen, nicht wahr? Sie sehen, ich erinnere mich des Tages und habe von je Ihren Charakter verstanden, sonst hätte ich sie nicht hier gesucht, ich weiß Sie werden in fünfzig Jahren als altes Mütter= chen noch das Grab ihrer Mutter bekränzen."

Julie schwieg; sie versuchte leise ihm ihre Hand zu entziehen.

„Ich bitte, Julie, hören Sie mich an, ich habe ein wohlbegründetes Recht zu dieser Bitte, denn ich besaß Rechte auf Sie, ältere Rechte mache ich jetzt geltend, vergessen Sie auch nicht, daß Sie mein ganzes Lebensglück zerstört und mich zu dem gemacht haben, was ich jetzt bin!“

Julie wurde blaß, ihre Stimme bebte, als sie erwiederte: „Diese Beschuldigung ist falsch, Herr Baron.“

„Falsch? hatten Sie sich nicht mit mir verlobt aus eigner freier Wahl?“

„Ich war ein halbes Kind, sechzehn Jahr alt, ich beging durch mein voreiliges Versprechen ein Unrecht gegen meine gütigen Eltern.“

„Sie waren dem Aussehen nach eine schöne, völlig entwickelte Jungfrau, Sie besaßen Geist und Willenskraft und wußten, was Sie thaten. Auch kommt die Stimme des Herzens von einer höhern Macht, als die Macht der besten Eltern, mag man sie nun Gott oder Natur nennen. Jeder Mensch hat das Recht, über seine Person zu verfügen.“

„Der mündige, Herr Baron!“

„Lächerlich, Julie, was heißt mündig? In den meisten Ländern wird der Mensch mit einundzwanzig

2*

Jahren für mündig erklärt, in Preußen bekommen die guten Unterthanen erst mit vierundzwanzig Jahren ihren freien Willen, Eltern und Vormündern gegenüber, in Oesterreich müssen sie noch ein Jahr länger warten, Fürsten und Hamburger werden mit achtzehn Jahren für majorenn erklärt, und tüchtige Köpfe mit eisernen Willen machen es wie Karl XII. von Schweden und setzen sich mit fünfzehn Jahren die Krone auf, jagen die Vormünder zum Beelzebub und regieren."

„Meine Eltern hätten auch die Stimme meines Herzens anerkannt, aber —" Julie schwieg.

„Ich weiß es, Julie, daß Sie mich liebten, ich weiß, daß Ihre Eltern unsrer Verbindung kein Hinderniß in den Weg gelegt hätten, aber da kam ihr Bruder, der heilige fromme Mann, er erzählte, daß ich auf der Universität einige tolle — bei Gott aber keine schlechten Streiche gemacht hatte — wohl bemerkt, ehe ich Sie gesehen hatte, Julie, und die besorgten Eltern kamen nach der Residenz und holten Sie schnell heim in das Landstädtchen. Aber Sie Julie fanden doch Zeit, mir die vier Worte zu senden, „ich bleibe treu, hoffe!"

Wilfried zog ein Medaillon hervor, daß er an einer Schnur um den Hals hängen hatte, öffnete es, nahm einen schmalen Papierstreifen heraus und fragte:

„Oder haben Sie das nicht geschrieben?"

„Ja, ich habe es geschrieben!"

„Und was können Sie noch zu Ihrer Vertheidigung sagen, Julie?" sprach er mit herben Ton.

„Ihr Benehmen gegen ihre Schwester, Sie entschuldigten deren Sünden nicht nur, Sie führten den Prinzen sogar bei ihr ein," rief Julie und ein Zug von Verachtung lagerte sich um ihren schönen Mund.

„Ich konnte mir denken, daß meine Bruderliebe gegen die Aermste, mir, Dank Ihrem heiligen Bruder, Ihnen gegenüber zum Vorwurfe gemacht werden würde, darum schrieb ich Ihnen, daß ich Gelegenheit suchen würde, Sie zu sprechen, daß ich Ihnen, da man mich bei Ihnen in ein falsches Licht gestellt hätte, Aufschlüsse über Sibonia, meine Schwester, geben würde. Erhielten Sie etwa diesen Brief nicht?"

„Doch, Herr Baron und ich war bereit, jede Erklärung von Ihnen zu hören, aber ich konnte, ich durfte es nicht!"

„Ihre Eltern oder Ihr Bruder verhinderten es?"

„Nein, ich kann Ihnen nicht mehr sagen, auch kann Alles, was ich Ihnen mittheilen würde, angenommen, mich bände kein Versprechen, nichts zwischen Ihnen und mir ändern. Ich bin seit dreizehn Jahren die Gattin des braven, ehrenwerthen Revierförsters

Halldorf und Mutter von drei Kindern, Sie, Herr Baron —"

„Ich bin unverheirathet, ein unstäter Wanderer, ich werde doch niemals ein Weib zum Altar führen, es sei denn, daß Sie die Meine werden wollten."

„Ihren Haß muß ich ertragen," erwiederte Julie, „Ihren Spott verdiene ich nicht; doch unsre Unterredung hat nun schon zu lange gedauert, zu lange, lassen Sie mich gehen."

„Also ich soll in Bezug auf meine Schwester mich micht bei Ihnen rechtfertigen dürfen, ist das gerecht, ist das edel, Julie?"

„Schreiben sie das mir, ich werde es lesen, aber sprechen will ich Sie nicht mehr, sind Sie ein Edelmann und zugleich ein Gentleman, so hindern sie mich nicht, den Heimweg anzutreten."

„Beides bin ich, Sie sind frei, ich werde in wenig Tagen Birkendorf verlassen und Ihnen, mit Ihrer Erlaubniß schreiben, was ich Ihnen noch zu sagen habe." Er verbeugte sich mit Anstand vor Julien und verließ mit raschen Schritten den Friedhof.

Julie kniete am Grabe ihrer Mutter nieder und betete lange, sie weinte heftig, — galten diese Thränen nur dem Verlust der treuen Mutter, welche bereits zehn Jahre unter dem Epheu schlief?

Endlich erhob sie sich und lenkte ihre Schritte nach dem Forsthause.

Als sie in das Wohnzimmer der Familie trat, seufzte sie tief, als sei sie von einer schweren Last befreit. Ihr Gatte war mit dem Geometer Heidler, der auf Befehl der Regierung den Forst vermessen sollte, nach den Waldungen gegangen, die beiden jüngsten Kinder waren bei dem reichen Müller, dessen Töchterchen heute ihren Geburtstag feierte, der Liebling der Mutter, Arthur, strich in der Gegend umher, sie gönnte ihm dies, denn in zwei Wochen hatten seine Ferien ihre Endschaft erreicht und er mußte wieder in das Städtchen zu ihrem Bruder und auf der Schulbank sitzen.

Die alte Magd, Anna, war auf dem Acker gegangen Frühkartoffeln zu holen und noch nicht zurück. Frau Julie setzte sich an ihren gewohnten Platz vor ihren Nähtisch. Das Zimmer war sehr einfach möblirt; schöne Gemälde, Nippes, Lichtbilder fehlten ganz, aber groß und höchst sauber, machte es doch einen sehr gemüthlichen Eindruck, denn an der Wand hing neben der Jagdtasche eine vorzügliche Büchse, auf der andern Seite ein Wandkorb, daneben eine Briefmappe mit zierlicher Stickerei, auf den Fensterbrüstungen grünten Pflanzen, alle wohlgepflegt und der Bücherschrank zeigte die Werke der vorzüglichsten

Dichter und Schriftsteller. Eine zahme Goldammer flog im Zimmer umher, unweit des Ofens schlief der alte große Hund, der frühere Spielgefährte der Kinder, welcher jetzt lahm und halb blind noch das Gnaden- brod erhielt. Nur das Ticken der großen Schwarz- wälder Uhr und das Summen der Bienchen, die auf den Blumen saßen — den in einem Winkel des Gartens hatte der Förster Bienenkörbe angebracht — unterbrach die Stille.

Julie ließ die Augen über ihre Umgebungen schweifen und sie jetzt auf den wohlgetroffenen Por- träts ihrer Eltern ruhn.

„Sie meinten es treu und liebevoll mit mir," sagte sie zu sich selbst, „ein glänzenderes Loos wäre mir vielleicht, ja gewiß an Wilfrieds Seite zu Theil geworden, Stunden, wohl auch Tage voll traum- haften Glückes, aber unmöglich Frieden, wie ich ihn hier genieße in meiner engbegrenzten Häuslichkeit, im Kreise der Meinen. Möge mir dieser Frieden erhalten bleiben!"

Hallvorf war weder so wunderbar schön, wie Wil- frieb in seiner Jugend gewesen war, noch zierten den Erste- ren die einnehmenden Manieren und glänzenden Geistes- gaben des hochgebornen Weltmannes, aber sein Aeu- ßeres war angenehm und Vertrauen erweckend, er besaß einen gut ausgebildeten Verstand, gründliche

Renntniffe und war frei von Launen. Er hatte niemals für Julien zu schwärmen geschienen, aber er
liebte sie noch eben so herzlich, ja vielleicht mehr als
am Trautage, und nie hörte sie von ihm ein rauhes
Wort. Julie war sich Ihrer strahlenden Schönheit
bewußt, aber sie bedauerte nicht, daß diese, statt in
der großen Welt Bewunderung zu erregen, wahr=
scheinlich in der Einsamkeit verblühen sollte.

Das Wiedersehen des Mannes, der ihre erste,
einzige leidenschaftlich=schwärmerische Liebe besessen,
hatte sie mehr bewegt, als sie es sich gestehen wollte,
sie wünschte sich ihren Gatten, ihre Kinder herbei,
und als endlich mit einbrechender Dämmerung Arthur
mit seinem Vater eintrat, flog sie beiden mit unge=
wöhnlicher Wärme entgegen, und nahm ihren Mann
die Mütze aus der Hand. Er streichelte liebevoll ihr
schönes Haar und sagte: „Ich habe den Geometer
auf neue Kartoffeln und einen guten Trunk zum
Abendessen eingeladen, Du sorgst wohl, daß die Kar=
toffeln nicht allein auf den Tisch kommen, liebe
Julie?"

Sie bejahte und verließ das Gemach.

Eine Stunde später saß der Gast bei seinen
freundlichen Wirthen, der ungefälschte Wein perlte im
Glaße, einfache aber gut zubereitete Speisen füllten
die Teller, der Geometer, ein lebhafter vielgereister

Mann, wußte interessant zu erzählen. Bernhard und die kleine Julie hatten sich, Anna's Winke folgend entfernt, aber Arthur lauschte mit großer Aufmerksamkeit auf Alles, was der Gast von seinen Reisen durch England und Frankreich erzählte.

„Es ist recht gemüthlich hier," sagte er, „und ich sehe mit innigen Behagen, wie glücklich Sie sind, lieber Herr Hallborf, aber dazu gehört ein ruhiges Gemüth; immer an demselben Orte zu leben wäre mein Tod, und sobald meine Arbeiten gethan sind, die ich übernommen habe, geht es wieder fort. Ich habe kürzlich einiges Geld geerbt, damit will ich in Paris spekuliren, dort läßt sich doch Etwas machen, wenn man nur einen leiblichen Fond zum Anfange hat."

Die Hausfrau lächelte ein wenig, Hallborf sagte: „Jeder in seiner Weise." Arthur merkte sich jedes Wort, was der Geometer sprach.

III.

Sidoniens Leben.

Am andern Nachmittage als Julie, wie oft der Fall war, allein in ihrem Zimmer saß, mit einer

Nadelarbeit beschäftigt, trat Anna in das Gemach und
brachte ihr einige Briefe.

„Der Bote hat sie mir gegeben, sie kosten Nichts,"
sagte sie.

Zwei waren an ihren Mann, Julie legte sie auf
Hallvorf's Schreibtisch, zwei andre an sie adressirt.
Den kleinern mit den Schriftzügen ihres Bruders
öffnete sie zuerst und las:

„Seit einigen Tagen, meine geliebte Schwester,
trachte ich darnach, mir Urlaub zu verschaffen, um
Dich und Deine liebe Familie zu besuchen, aber
leider ist mein College erkrankt und ich muß deß=
halb hier bleiben. Arthur wird hoffentlich den Tag
bevor die Ferien zu Ende sind, hier eintreffen;
seine Fähigkeiten sind bedeutend, aber es ist ein
fremder Zug in ihm, den er weder von Dir, noch
von seinem Vater hat. Beobachte ihn, er hat viel
Hang zu Abenteuern und seine Lecture, sein Um=
gang müssen sorgfältig überwacht werden.

Durch Zufall erfuhr ich, das Geyersfels wieder
zurückgekehrt ist und auf Besuch bei seiner unglück=
lichen Schwester.

Es liegen beinahe vierzehn Jahre zwischen dem
Tage wo ich ihn zum letzten Male sah und heute;
die Rache, welche er mir in seiner Aufregung ge=
lobte, fürchte ich nicht. Er war damals noch sehr

jung, und in vierzehn Jahren verlöschen in den Herzen der meisten Menschen des Hasses und der Liebe Flammen, wenn Haß und Liebe nicht genährt worden sind. Dennoch könnte Dein Anblick die frühere Neigung zu Dir, welche wie ich glaube, tief und leidenschaftlich war, wieder erwecken, das friedliche Leben in der Einsamkeit hat Dir die jugendliche Schönheit erhalten, Du bist anziehender als damals, wo Du fast noch ein Kind warst. Vermeide es, dem Baron zu begegnen, ich hoffe, Dein Bild ist in seiner Seele verblichen, es darf nicht wieder aufgefrischt werden. Hüte Dich!

Sieh in diesen Worten den Ausdruck der brüderlichsten, aufrichtigen Liebe

Deines

Vernichte dieses Schreiben.   Ernst.

Julie las den Brief zweimal, dann schob sie ihn in den Ofen und zündete ihn an.

Auch sie hatte, sobald sie von Geyerfels' Anwesenheit in Birkendorf gehört, das Haus nicht verlassen wollen, auch sie fürchtete ihm zu begegnen, obwohl sie sich keiner Schuld gegen ihn bewußt war, und nun hatte er sie doch gesehen, sogar gesprochen, hatte ihr die Erlaubniß abgelockt, ihr schreiben zu dürfen.

Ihr Herz schlug heftig, sie bereute, daß sie ein Wort mit ihm gewechselt hatte.

„Aber er will ja in wenig Tagen das Dorf ver-
laffen," fagte fie fich endlich zum Trofte, „was kann
er auch mir thun? Hallvorf kennt mich, dreizehn
Jahre bin ich fein treues, ihm innig ergebenes Weib,
der fremde Mann vermag nicht meinen häuslichen
Frieden zu ftören. Daß er fich vor mir in Bezug
auf feine Schwefter rechtfertigen will, ift ein Be-
weis, daß er mich achtet und nicht fo böfe und ge-
wiffenlos ift, als ihn die Menfchen fchilderten."

Nach diefem Selbftgefpräche nahm fie den andern
Brief und ging damit in ihr kleines Cabinet, wo fie
fich ihrer Neigung zur Einfamkeit überließ, denn dies
zierlich ausgefchmückte Geheimzimmer durften felbft
Hallvorf und die Kinder nicht betreten.

Mit einer Mifchung von Bangen und Neugier
öffnete Julie das Couvert. Mehrere engbefchriebene
Blättchen vielen heraus, fie las:

„Mein Vater, der Baron von Geyerfels, gehörte zu den feltenen Menfchen, über welche das
Glück ihr Füllhorn ausfchüttet. Von feinen Eltern
erbte er einen tabellofen Stammbaum, welcher ihn
fähig machte, ohne fich durch eigne Arbeit eine Stellung in der Welt zu verdienen, in den höchften
Kreifen zu erfcheinen. Seine Eltern ftarben, ehe
er entwickelt genug war, um ihren Verluft fchmerz-
lich empfinden zu können, und hinterließen ihm große,

schuldenfreie Güter, welche sein gewissenhafter
Vormund vortrefflich verwaltete. In dessen Hause
verlebte er eine glückliche Kinderzeit und blühte
zum schönen, geistvollen Jüngling empor. Mit
einem liebenswürdigen jungen Edelmann brachte
er einige Jahre, das Leben genießend, auf Reisen
zu, kehrte heim, erhielt am Hofe einige Ehrenstellen
und vermälte sich aus aufrichtiger Zuneigung mit
dem schönsten Hoffräulein der Königin, einer Grä=
fin Werdenrode.

Eine Tochter, schön wie die Mutter, erhöhte das
Glück des Paares, zwei Jahre später wurde ich
geboren.

Meine Eltern lebten im Sommer auf ihren
Gütern, im Winter in der Residenz und was sie
wünschten, sahen sie erfüllt.

Da trat der Tod in unser Haus, am zehnten
Geburtstage meiner Schwester erkrankte die Mutter
plötzlich, acht Tage später lag sie schon in der
Familiengruft.

Meine kindlichen Thränen mischten sich mit den
Thränen meiner Schwester Sidonie. So jung wir
waren, begriffen wir doch, daß wir die gütige Mutter,
welche oft Stundenlang mit uns gespielt, uns so
viel Freude bereitet hatte, nie wieder sehen sollten.

Die Erscheinung der vielen in Schwarz geklei=

beten Menschen, die unser Schloß anfüllten, die
düstern Klänge der Trauermusik ängsteten und pei=
nigten uns arme Kinder furchtbar.

Mein Vater, der bisher keine Vorstellung von
dem gehabt hatte, was Schmerz ist, war in Ver=
zweiflung. In seinem Hause konnte er es nicht
mehr aushalten, überall vermißte er meine Mutter,
Freunde riethen ihm, auf Reisen zu gehen und er
befolgte diesen Rath.

Meine Schwester übergab er der Obhut einer
unverheiratheten Tante, ohne im Entferntesten zu
untersuchen, ob sie geeignet sei, ein schönes, leb=
haftes Mädchen zu erziehn; mich und seinen Lieblings=
diener nahm er mit sich, ebenfalls nicht überlegend,
in wie fern ich, ein achtjähriger Knabe, durch Reisen
gewinnen oder verlieren könne.

Zuerst ging mein Vater nach Italien und blieb,
nachdem er sich in mehreren Hauptstädten nur kurze
Zeit aufgehalten hatte, in Rom. Ich erhielt, da
mein Vater das Geld nicht zu schonen brauchte, durch
den Diener Alles, was ich für meine Person bedurfte,
reichlich, nur — keinen Unterricht. Lesen, Schreiben,
etwas Rechnen hatte ich daheim gelernt, in Italien
lernte ich spielend die Landessprache, ohne mein Deutsch
zu vergessen. Ein Deutscher Maler, den ich sehr
gern hatte, lieh mir Bücher und erlaubte, daß ich

viel in seinem Atelier war, wo ich ihm Manches
absah, auch brachte er meinen Vater dahin, endlich
einen Hofmeister für mich anzunehmen, einen Italiäner,
welcher für sehr gelehrt galt. Er ist vielleicht ein
sehr kenntnißreicher Mann gewesen; mich ließ er Nichts
davon merken, wenn ich bei ihm war, las er, ohne
sich um mich zu kümmern. Alles was er für mich
that, war, mir etwas Latein beizubringen. Meinem
Vater sagte er von Zeit zu Zeit, daß ich ein Genie
sei, außerordentlich viel Kenntnisse besäße und mein
Vater erwiederte regelmäßig darauf: „das ist gut,
wenn es nur seine Mutter erlebt hätte!"

Die Liebe meines Vaters zu meiner Mutter muß
eine eigenartige gewesen sein, er ward nicht müde
ihren Verlust zu beklagen, aber er kümmerte sich da=
bei fast gar nicht um das wesentliche Schicksal ihrer
Kinder.

Von meiner Tante ließ er sich vierteljährig mit=
theilen: daß Sidonie wohl sei und wachse, und
sandte zu solchen Fristen tausend Thaler für ihre
Bedürfnisse.

Gesellschaft, namentlich die von Frauen haßte
mein Vater, er saß entweder allein in seinem Zim=
mer, laß und schrieb, oder schweifte, ebenfalls allein,
in Rom und dessen Umgebungen umher. Alte Freunde
meines Vaters kamen nach Rom, als wir etwa drei

Jahre dort gelebt hatten, vielleicht wollte er diesen ausweichen, — genug als sie Miene machten, sich ihm zu nähern, verließ er die Stadt und ließ sich in Florenz nieder, von da gingen wir nach Venedig, wo es ihm nicht lange gefiel. Mein sogenannter Hofmeister war in Rom geblieben.

Ich weiß nicht was meinen Vater bewog, von Venedig nach England zu reisen, genug, er that es, ließ sich in einer der ruhigsten Straßen im Westend von London nieder und äußerte: „der Gedanke, daß ihn hier Niemand kenne und aufsuchen werde, mache ihm London lieb, auch gefiel es ihm, daß er sein Haus für sich allein und die Thüre stets zu haben konnte.

Hier lernte ich Englisch und Geschichte, ich hatte mich daran gewöhnt, die Augen offen zu haben und machte die Bekanntschaft eines englischen Knaben von meinem Alter, der mich mit zu seinen Eltern nahm, was leicht geschehen konnte, da sich mein Vater immer noch nicht um mein eigentliches Wesen kümmerte.

Hier lernte ich den Zauber des Familienlebens kennen, denn obgleich nach englischen Verhältnissen kaum wohlhabend zu nennen, war doch die Familie Buttler durch die herzliche Liebe, welche die Mitglieder untereinander verband, glücklich zu nennen. Jeder Mann in der Familie, der Vater und die

That und Gedanke.   3

beiden ältesten Söhne arbeiteten, die Frau und die
Tochter sparten und suchten zu erhalten, auch waren
beide sehr geschickte Zeichnerinnen und verstanden sich
auf geschmackvolle Nadelarbeiten. Ihre Toiletten
waren das Werk ihrer fleißigen Hände.

Damals, Julie, damals dämmerte zuerst der
Wunsch in mir, dereinst ohne große Reichthümer in
beglückter Häuslichkeit an der Seite einer geliebten
Frau mich meines Daseins zu freuen.

An meine Schwester hatte ich geschrieben; ich er=
hielt eine liebevolle Antwort von ihr. Sie hatte
mich nicht vergessen und theilte mir in einem langen
Briefe alle ihre Erlebnisse mit, die eigentlich mehr
in Träumereien als in Wirklichkeiten bestanden.

Zu jener Zeit wußte ich noch nicht, was ich
später erfuhr, nehmlich daß die gute Tante eine
häßliche alte Jungfer war, die sehr viel Herzens=
güte, eben soviel Phantasie, gar keine Lebenserfahrung
und Menschenkenntniß, und nur wenig Verstand besaß.

Als Kind kränklich, hatte eine zärtliche Mutter
sie verzogen, sie war niemals aus dem Schlößchen
gekommen, das sie von ihren Eltern geerbt hatte,
denn sie war sich ihrer Häßlichkeit bewußt, aber sie
fühlte sich nicht unglücklich, denn sie setzte sich nicht
Zurücksetzungen aus; die Bewohner ihres heimath=
lichen Dörfchens liebten sie, ihre alte Dienerin und

deren Bruder wären für die Herrin durch das Feuer gegangen.

Das Fräulein selbst kannte kein anderes Vergnügen, als in ihren jüngeren Jahren Märchen und Sagen, später Romane zu lesen, aber möglichst altmodische, noch aus der Zeit, wo in Romanen und Erzählungen das Leben und die Menschen anders geschildert wurden als sie in Wahrheit sind, und wo von Liebe, Opfern, Entsagung die Rede ist, welche selten oder nie vorkommen.

Sie sah Alles anders als die Wirklichkeit es bietet, und natürlich war sie nicht im Stande, meine Schwester Sidonie für das Leben zu erziehn. Die seltene Schönheit des Kindes entzückte sie, was konnte sie, ihrem Naturell nach, anders thun, als die Nichte verzärteln? Sie lehrte sie Französisch sprechen, ein wenig in bunter Seide sticken, in der Art, wie es die Ritterfrauen auch gethan hatten. Der Schullehrer des Dorfes spielte mit Fertigkeit die Harfe und da Sidonie eine liebliche Stimme besaß und musikalische Talente, so mußte sie natürlich auf Wunsch der Tante die Behandlung des romantischen Instrumentes erlernen, auch machte es Sidonien selbst Vergnügen, als sie erwachsen war, im Garten unter alten Bäumen zu sitzen und Harfe zu spielen.

Davon schrieb sie mir in ihrem langen Briefe,

3*

fie erzählte auch, daß fie jetzt oft Befuch hätten von
dem Prinzen Waldemar, welcher in der Nähe ein
Jagdschloß habe und ihr zufällig im Walde begegnet
fei, daß auch zuweilen der Graf Ellernburg mit
komme, und die Tante herrlich zu unterhalten wiffe,
daß Prinz Waldemar fchön und geiftvoll und erft
vierundzwanzig Jahr alt fei, ja daß er gefchworen
habe, fich nur mit der Dame zu vermählen, die er
liebe, gleichviel ob fie eine Prinzeffin fei oder nicht.

Ich war ein Knabe von vierzehn Jahren, den=
noch hatte ich mehr von der Welt gefehn, als andere
Kinder meines Alters, ich hatte viel gelefen und ge=
dacht, natürlich wußte ich, daß ein Erzherzog von
Oefterreich die fchöne Welferin zu feinem ehelichen
Gemal gemacht hatte, warum follte ich nicht glauben,
daß der zweite Prinz von einem Landesherrn fich mit
einer fchönen Baroneffe von Geyersfels vermälen könne.

Mein Vater war ein vollftändiger Mifanthrop
geworden, er fprach faft gar nicht mit mir und fo
hatte ich nicht den Muth, ihm Sidoniens Brief zu
zeigen. Zu diefer Zeit begann er zu kränkeln, der
treue Diener rief den Arzt und diefer rieth entfchie=
den Luftverändrung.

Mein Vater war feines unbehaglichen Zuftandes
müde, vielleicht fehnte er fich auch, ohne es fich
felbft bewußt zu fein, nach der Heimath. Wir gingen

nach Deutschland zurück und hier änderte sich mit einem Male der Seelenzustand meines Vaters in einer Weise, welche wol Jeden, der ihn in den letzten Jahren gesehen hatte, auf das Höchste überraschen mußte.

Ich habe später in reiferen Jahren meinen Vater vollständig begreifen gelernt. Er gehörte zu den seltenen, poetischen Naturen, welche nur glücklich und belebt sind, wenn eine Leidenschaft für ein Weib sie durchglüht. Vergessen muß man auch nicht, daß mein Vater in seinem Leben niemals ernsthaft gearbeitet hatte, sein Reichthum, welcher ihm jeden Luxus gestattete, hatte zur Verfeinerung seines Geschmackes beigetragen, und da er völlig unabhängig war, hatte er Zeit sich in sich selbst zu versenken, und seinen Empfindungen und Fantasien zu leben. Er besaß nicht das beste Heilmittel gegen Seelenqualen: die Gewohnheit zu arbeiten.

Jahre lang hatte mein Vater seine Gattin betrauert, alle Frauen geflohen oder mit Gleichgültigkeit betrachtet. In Wien, wohin wir unsern Wanderstab jetzt gesetzt hatten, empfand der gereiste Mann, der sein dreiundvierzigstes Jahr bereits angetreter hatte, eine glühende Leidenschaft für ein junges, interessantes Mädchen. Ich glaube kaum, daß er meine Mutter, welche doch seine erste Liebe gewesen war, so heftig geliebt hatte.

Der reiche, angesehne Baron von Geyersfels, welcher noch eine stattliche Erscheinung war, fand in der Familie der armen Gräfin die zuvorkommendste Aufnahme, die reizende Flora gab ihm gern ihre Hand, denn er befreite sie aus drückenden Verhält= nissen, vielleicht auch hatte sie wirkliche Zuneigung für meinen Vater; ich weiß es nicht, denn nachdem er mir seine Verlobung angezeigt hatte, wurde ich in die Heimath gesandt, in das Cadetenhaus gesteckt und sah meinen Vater Jahrelang nicht. Als ich damals gerührt von ihm Abschied nehmen wollte, fand ich ihn eben beschäftigt, Schmuck für seine Braut auszusuchen, er reichte mir kühl die Hand und sagte: „reise glücklich, schreibe zuweilen."

Meine Schwester erfuhr erst durch mich, daß sie eine Stiefmutter erhalten hatte; das Organ der Liebe zu Kindern schien meinem Vater ganz zu fehlen. Im Cadetenhause mißfiel es mir im höchsten Grade, ich war zu sehr an Freiheit gewöhnt, um den Zwang ertragen zu können, der, wie es mir schien, ganz unnöthiger Weise, den Zöglingen der Anstalt aufer= legt wurde. Ein Jahr hielt ich es aus, dann schrieb ich meinem Vater, daß ich nicht bleiben wolle, und bat um seine Befehle, um seinen väterlichen Rath für mich.

Er schrieb mir kurz, ich möchte thun, was ich

wolle, wenn ich nicht Offizier zu werden, Luſt habe,
wäre das Beſte für mich, zu ſtudieren. Die Zinſen
meines mütterlichen Vermögens, zweitauſend Thaler,
könne ich halbjährig erheben.

Eine ſeltſame Art von einem Vater, dem ſech=
zehnjährigen Sohne gegenüber. Ueberhaupt war mein
Vater ein Character, wie ich im Leben keinem zweiten
begegnet bin. Er ſchien alle ſeine Liebesfähigkeit
nur einem Weſen, nähmlich einer Frau zuwenden
zu können; als Knabe hatte er ſeine Pflegemutter
geliebt und ſpäter ihren Tod tief und lange betrauert.
Seine Leidenſchaft für meine lebende, ſein Schmerz
um meine todte Mutter beherrſchten ihn dergeſtalt,
daß er wenig Neigung für meine Schweſter und
mich empfand, und jetzt ſeitdem eine neue Liebe zu
Gräfin Flora in ſeiner Seele lebte, gedachte er ſeiner
erſten Gemahlin kaum.

Ich reiſte zu meiner Tante, um meine Schweſter
zu ſehn, an die ich mich oft mit Liebe erinnert hatte.
Sie war die erſte Perſon, welche mir im Garten,
der das Schlößchen umgab, begegnete. Sie kannte
mich ſogleich, obwohl ich bedeutend größer geworden
war, ich war erſtaunt, vor einer jungen Dame zu
ſtehen, welche ſchön war, wie eine Fee. Noch habe
ich ihre Erſcheinung vor meinem geiſtigen Auge.
Sie trug ein weißes Kleid von dünnem Stoff, durch=

aus nicht nach damaliger Mode, aber viel kleidsamer. Ein dunkelrother Sammetgürtel mit goldenem Schloß umgab die feine Taille. Blondes Haar in vollen natürlichen Locken, im Sonnenstral wie Gold schimmernd fiel bis über den Gürtel hinab von dem wohlgeformten Haupte und umfloß das zarte, weiß und rosige Antlitz, aus dem prachtvolle braune Augen leuchteten, wie ein goldener Schleier. Sie umarmte mich zärtlich, dann faßte sie mich bei der Hand und führte mich zur Tante, welche mich sehr gütig empfing und mit Fragen überschüttete.

Einige Tage blieb ich bei meinen Verwandten, dann aber fand ich das Leben in dem Schlößchen zu einförmig. Ich mußte, so jung ich war, doch zuweilen lachen, wenn die Tante ihre veralteten Ideen auskramte und von Vorgängen, die sie sich träumte, redete, als sei das Alles geschehn oder doch zu erwarten.

Sidonie trug einen schmalen Goldreif an der linken Hand.

„Der Ring sieht aus wie ein Verlobungs = oder Ehering," sagte ich.

„Er ist auch mein Verlobungsring," erwiederte Sidonie.

„Und das erfahr ich erst jetzt? Wie nennt sich mein künftiger Schwager."

„Darüber darf ich noch nicht sprechen, allein Du

sollst der Erste sein, der meines Gatten Namen er=
fährt, sobald ich davon reden darf," antwortete sie.

„Dein Verschweigen sagt mir genug, Sidonie, es
ist Prinz Waldemar, dem Du Dich verlobt hast.
Was sagt Deines Geliebten Familie? So jung ich
bin, habe ich doch oft gehört, daß so unglückliche
Verbindungen selten zum Glücke führen."

Sie lächelte, „Du kennst Waldemar nicht, er ist
ja nicht der älteste Prinz, er weiß was er thut und
ich kann fest auf ihn bauen."

„Was sagt die Tante?"

„Sie ist sehr glücklich über mein Loos."

Ich war zu jung, um einzusehn, daß Sidonie
ohne Weltkenntniß handelte, sonst würde ich wohl
anders aufgetreten sein, denn energisch war ich schon
damals; auch besaß ich eine bedeutende Dosis von
dem Stolze der Geyersfels. Mein Großvater hatte
noch zu der freien Reichsritterschaft gehört, die Tante
erklärte mir, daß die Töchter aus solchen Geschlechtern,
gleich den Töchtern der spanischen Granden, jedem
Prinzen aus regierendem Hause ebenbürtig seien, und
ich Unerfahrner glaubte ihr. —

Mein Abschied von der Schwester war herzlich.
Ich bezog die Universität zu Bonn, ging später nach
dem schönen Heidelberg, studirte und trieb Unsinn,
wie alle Studenten. Von meinem Vater hörte ich

felten, er lebte mit seiner Gemahlin in Wien, Si=
donie schrieb mir nur einmal, die Tante war ge=
storben, sie selbst lebte in Italien und zwar als
Gemalin des Prinzen Waldemar, doch fügte sie hin=
zu, daß ihre Ehe vor der Hand noch ein Geheimniß
bleiben müsse und beschwor mich, wolle ich nicht
namenloses Unglück über sie bringen, von ihren
Verhältnissen zu schweigen. Sie lebte abwechselnd
in Rom und Florenz unter dem Namen Gräfin
Ellernburg und galt für eine Verwandte des Grafen
von Ellernburg, welcher den Prinzen Waldemar be=
gleitete. Der Prinz sollte sich, weil er für leidend
galt oder gelten wollte, einige Jahre in Italien
aufhalten; sie sei, so schloß ihr Schreiben, sehr glücklich,
ihr Gemal bete sie an und ich habe keinen Grund, um
ihre Zukunft besorgt zu sein. Mit dem Vater stand sie
in gar keinem Verkehr, er hatte ihr, als sie achtzehn
Jahre alt war, ihr mütterliches Vermögen auszahlen
lassen, noch bei Lebzeiten der Tante und wußte nur, daß
sie mit der Gemalin des Grafen Ellernburg nach Italien
gegangen sei. Die junge Stiefmutter schien die Gegen=
wart der erwachsenen Tochter nicht gewünscht zu haben.

Obgleich sich mein Vater in den letzten Jahren
fast gar nicht um uns bekümmert hatte, bewahrte
ich doch das Andenken an jene Zeit, wo ich seine
väterliche Zärtlichkeit genossen hatte. So lange meine

Mutter lebte war ich sein Liebling, denn damals fühlte er sich glücklich; bei den ersten Unglück aber, das sein Herz trübte, hatte er offenbar die Fähigkeit verloren, irgend eine Seele zu lieben. Für ihn war Jahre lang alles nächtlich, qualvoll, er konnte sich an Nichts mehr freuen, und als er wieder liebte und lebte, hatte er keine Liebe mehr für seine, aus seinem Herzen verstoßenen Kinder. Ich litt mehr als vielleicht mancher Andre in ähnlichen Verhältnissen gelitten haben würde, denn ich besaß ja viele Güter des Lebens, Gesundheit, glänzenden Namen, Reich= thum, ich war unter meinen Comilitonen beliebt, — aber, Julie, ich habe ein liebebedürftiges Gemüth, ich bin dankbar für Liebe, und ich vermisse sie schmerz= lich, denn auch meine Schwester hatte nur eine blasse Neigung für mich, ihr Herz gehörte ihrem Gemal. Um die Leere meines Herzens auszufüllen, stürzte ich mich in einen Strudel von Zerstreuungen, ich spielte, ich hatte einige Duelle, es war ein Glück, daß ich Keinen getödtet hatte, ich trieb Unsinn, aber niemals etwas Schlechtes, Gemeines.

Einmal, um die Weihnachtszeit, als alle meine Bekannten, welche noch Eltern hatten, in die Hei= math reisten, überfiel mich namenlose Sehnsucht nach dem alten Schlosse, wo ich mit meiner Mutter ge= lebt hatte. Ich vermuthete meinen Vater mitten im

Winter, nicht auf dem Lande, zumal mit einer so jungen Frau wie die seinige, ich wollte mein heimathliches Dorf sehn und reiste hin.

Mein Vater war anwesend, auch die Baronin. Er empfing mich gütig, sah aber merklich gealtert aus, sie war artig, ja liebenswürdig gegen mich, sie blühte wie der Frühling.

Mein Vater fragte, wie lange ich noch studieren würde; ob ich in Staatsdienste treten wolle; aber ich merkte, seine Seele war nicht bei diesen Fragen. Offenbar war er nicht glücklich.

Als ich mit Johanna, der ehemaligen Dienerin meiner guten Mutter, darüber sprach, sagte sie geheimnißvoll, „der Herr Baron sind vierundzwanzig Jahre älter als die junge gnädige Frau, das macht ihn eifersüchtig, und gewiß hat er keinen Grund."

Mein Vater dauerte mich. Gefallen konnte es mir nicht daheim, ich blieb auch nicht lange und kehrte auf die Universität zurück. Das Studentenleben gefiel mir, ich besuchte noch eine Universität und blieb mehrere Jahre da.

Das Leben meiner Schwester hatte in der letzten Zeit sich bedeutend geändert, doch erfuhr ich von ihr selbst Nichts, nur durch Zeitungen. Ganz plötzlich war der Thronerbe, welcher nur eine Tochter hin-

terlaſſen hatte, geſtorben und Prinz Waldemar war
aus Italien zurückgerufen worden.

Er hatte, ſo ließen die Journale errathen, eine
Verbindung mit einer Prinzeſſin eines Kaiſerhauſes
ausgeſchlagen. Graf Ellernburg war nicht mehr bei
dem Prinzen, er lebte auf ſeinen Gütern. Ich ſchrieb
an meine Schweſter und adreſſirte den Brief an Graf
Ellernburg. Ich erhielt keine Antwort, ich ſchrieb
nochmals und als auch mein zweites Schreiben ohne
Erwiederung blieb, reiſte ich zu Ellernburg, nach
meiner Schweſter zu fragen. Graf Ellernburg empfing
mich ſehr artig; auf meine Frage nach meiner Schweſter entgegnete er, daß ein Eid ihn hindere, mir
ihren Aufenthalt zu entdecken; doch ſolle ich feſt
glauben, daß ſie glücklich ſei, ich würde durch Nach-
forſchungen meiner Schweſter nur ſchaden.

Ich ſagte ihm, daß ich von ihrer Vermählung
mit dem Prinzen Waldemar wiſſe.

„Dann ſchweigen Sie wie das Grab! Des Prinzen Stellung hat ſich ſeit dem Tode ſeines Bruders
weſentlich geändert, das wiſſen Sie ſelbſt. Daß der
hohe Herr Ihrer Frau Schweſter treu iſt, hat er
bewieſen, indem er kürzlich ſich entſchieden weigerte,
ſich zu vermählen. Er will zu Gunſten ſeines Vet-
ters auf alle Anſprüche, die er an den Thron hat,.

verzichten, aber der rechte Zeitpunkt dazu ist noch
nicht gekommen."

Der Graf blieb artig, aber stumm und ich verließ ihn, fest entschlossen, mich nun direct bei dem
Prinzen nach meiner Schwester zu erkundigen.
Auf meiner Reise nach der Residenz kam ich in
die Nähe von Birkendorf und hörte von einem Herrn
erzählen, daß Graf Ellernburg daselbst ein großes
Gebäude besitze, was kürzlich vom Tapezier aus der
Stadt A .. sehr elegant, ja prächtig eingerichtet worden sei; man sage, der Graf wolle es in Zukunft
bewohnen, um ganz fern von der Residenz über der
Grenze zu sein; sie wissen vielleicht, Julie, daß damals die obere Hälfte von Birkendorf zum Fürsten-
thume H. gehörte, und erst später an Prinz Waldemar's Vater abgetreten ward.

Unwillkürlich dachte ich an meine Schwester,
sollte sie vielleicht in diese abgelegene Gegend in das
Haus über der Grenze verbannt werden? Ich stieg
auf der nächsten Station aus und ging die zwei
Stunden nach Birkendorf zu Fuße. Meine Ahnung
hatte mich nicht betrogen, hinter dem Hause, im
Garten wandelte Sidonie auf und ab, eine Zeitlang
beobachtete ich sie, ohne daß sie mich bemerkte. Sie
war noch eben so schön, vielleicht noch schöner als
früher, aber sie sah bleich und unglücklich aus.

Ich trat hinter den Bäumen hervor und rief sie beim Namen. Sie stieß einen Schrei aus und verhüllte ihr Gesicht mit den Händen.

So weit hatte Julie gelesen, die Stimme ihres Gatten, welcher laut und heftig im Nebenzimmer sprach, störte sie in ihrer Lectüre Sie warf die Papiere in ein Schubfach, schloß es zu und trat aus ihrem Gemache.

IV.
Eine Warnung.

„Du weißt jetzt meinen Willen, Arthur, und hast ihn zu befolgen," sagte der Revierförster in kurzer entschiedener Weise zu seinem Sohne, „gehe jetzt, wohin Du Lust hast, nur nicht an einen gewissen Ort."

Arthur entfernte sich schweigend, sein schönes Gesicht war dunkelroth und seine classisch geschnittene Oberlippe zuckte; doch hielt er es für gerathen sich scheinbar dem Vater zu fügen, Arthur wußte zu gut, daß dieser kein Mann war, bei dem Widerspruch gute Früchte trug. Aber bemerkte der Vater den Blick des Sohnes? Er sah ihn nicht, denn sonst würde er erschrocken sein; es war ein vielsagender, Blick, jedoch kein liebevoller.

„Du ſcheinſt unzufrieden mit Arthur?" fragte
Julie, ſie zitterte ein wenig bei dieſen Worten, denn
ſie liebte ihren älteſten Sohn leidenſchaftlich.

„Nicht ohne Grund Julie, Arthur war ungehor=
ſam. Ich weiß, daß Baron Geyersfels hier iſt und
habe unſerm Sohne verboten, mit ihm zu ſprechen,
auch das verrufene Haus, wo die ſogenannte Gräfin
wohnt, ſoll er nicht beſuchen, und doch ſah ich ihn
herauskommen?"

„Du ſahſt es ſelbſt, lieber Hallborf?"

„Nur meinen eigenen Augen kann ich glauben,
daß mein Sohn gegen meinen ausbrücklichen Befehl
handeln konnte. Arthur iſt ein ſo benkender, ent=
wickelter faſt jünglinghafter Knabe, daß ich die Ue=
bertretung meines Befehles nicht kinbiſchem Leicht=
ſinn oder ſeiner Einfalt zuſchreiben kann."

„Er hat doch früher niemals Neigung gezeigt,
jenes Haus zu beſuchen das, ich gebe das zu, leicht
ein Gegenſtand ker Neugier werden kann, wenn man
balb Dieſes balb Jenes über ſeine Bewohner ſprechen
hört;" bemerkte Frau Hallborf etwas verſtimmt.

„Vertheibige Arthur nicht, liebe Julie," wanbte
Hallborf ein. „Niemand ſpricht jetzt mehr von dem
Hauſe und der armen Wahnſinnigen, ſelbſt um Herrn
von Geyersfels kümmert man ſich bei uns im Dorfe
nicht viel, er intereſſirt die Leute nicht, ich aber habe

ihn am erften Tage bemerkt, wie er um unſer Haus ſchlich.“

„Du? Kannteſt Du früher den Baron, daß Du ſogleich wußteſt, wer jener Mann war, welcher, wie Du ſagteſt, um unſer Haus herum ſtrich?“ fragte ſie und machte ſich mit ihren Pflanzen zu thun, deren gelbe Blätter ſie abzupfte.

„Ich ſah ihn vor Jahren, kurz vorher, ehe ich Dich kennen lernte; ſeinen Charakter ſchilderte mir Dein Bruder, ich weiß — doch gleichviel, ich traue dem Baron wenig Gutes zu. Aus welchen Urſachen hängt er ſich an unſern Arthur? Dieſer Knabe kann doch keine Geſellſchaft für den vielgereiſten Mann ſein? Jedenfalls will ich nicht, daß er ihn ſpricht und in jenes Haus geht.“

„Du haſt Recht, Halldorf, aber in jedem Men= ſchen, beſonders in einem ſo jungen, liegt der Trieb nach dem Verbotenen. Wäre es nicht gerathener, Arthur nicht zu unterſagen, ihn dagegen mehr unter Augen zu halten? Ohnehin gehen ſeine Ferien bald zu Ende,“ ſagte Julie ſanft.

„Nein Julie; Lerne gehorchen! iſt ein weiſer Spruch, mein Sohn darf nicht thun, was mir, ſeinem Vater zuwider iſt, kein gutes Kind thut es.“

Julie ſchwieg. Nach einer langen Pauſe fragte ſie: „wie lange bleibt der Geometer noch hier?“

„Ich glaube drei Wochen, er hat noch ein gut
Stück Arbeit vor sich, er ist ein Mann, der seine
Sache versteht."

„Wirst Du Arthur nach der Stadt begleiten,
mein Bruder würde sich freuen, wenn er Dich sehen
könnte."

„Ich weiß es noch nicht, wenn ich Zeit finde,
vielleicht. Willst Du vielleicht diese Reise mit
machen?"

„Ich lasse die jüngern Kinder nicht gern allein!"

„Wie Du denkst, liebe Julie. Du warst am
Geburtstage am Grabe deiner guten Mutter."

„Ja!"

Er sah sie an, es lag etwas von einer Frage
in seinem Blicke. Sie schwieg, es war ihr nicht
möglich, ihrem Gatten zu sagen, daß sie mit Geiers=
fels gesprochen hatte; wenn Hallbdorf sie direct gefragt
hätte, würde sie nicht geläugnet haben, er schien je=
doch entweder diese Bemerkung nur zufällig gemacht
zu haben, oder ihrem eigenen Gefühle zu überlassen
ob sie ihm von ihrem Zusammentreffen mit dem
Baron Mittheilung machen wolle oder nicht.

Was hatte sie denn auch für eine Verpflichtung
gegen Hallbdorf; sie begehrte ja nie, daß er ihr von
jeder Unterredung, welche er hatte, Mittheilung machte;

sie brauchte sich keines Wortes, das sie gesprochen hatte, zu schämen.

Ob Halldorf in ihrer Seele las? Er sagte kein Wort, warf leicht hin, daß er noch viel zu schreiben habe und ging in das kleine Cabinet, in welchem er zu arbeiten pflegte.

Julie stützte den Kopf in die Hand, es that ihr weh, daß Arthur dem Vater, der es so treu meinte, nicht gehorchte, sollte sie den Sohn mütterlich vor Geiersfels warnen? Welchen Grund konnte sie angeben, und hatte sie nicht, ohne ihr Wollen freilich, diesem Manne bitteres Herzleid zugefügt? Was auch seine Fehler gewesen sein mochten, sie hatte er doch lange und tief geliebt, warum sollte er nicht die kurze Zeit die er in Birkendorf zubrachte, ihren Sohn sehn?

Sie ging in ihr Gemach und nahm die Blätter wieder zur Hand welche Sidoniens Geschichte enthielten. Aufgeregt mit pochendem Herzen las sie weiter.

V

Schluß von Sidoniens Lebensgeschichte.

Mit raschen Schritten ging ich auf meine Schwester zu, „du hast mich nicht erwartet, Sidonie," sagte

ich, „aber gleichviel, ich sehe daß Du leidest, ich bin
nicht der unerfahrene Jüngling mehr, aber Dir noch
brüderlich zugethan, wie in der Kinderzeit. Sage
mir Alles, was Dich quält, warum Du in dieser
Einsamkeit lebst, und baue auf deinen Bruder."

Lange schwieg sie, desto mehr sagten mir ihre
Thränen. Sie hatte erlebt, was schon viele Mädchen
vor ihr erfahren haben und noch viele erleben werden,
die eine eheliche Verbindung ohne Wissen und Zu=
stimmung der Familie eingehen, welche über ihren
Stand ist. Der Prinz hatte sich vor Zeugen feierlich
am Altare mit ihr vermählt, ein angesehner Priester
hatte sie copulirt und ihr Gemahl war fest entschlossen,
ihr die angelobte Treue zu halten, er hatte bisher
in keine ihm vorgeschlagene Vermählung gewilligt.
Der regierende Herr schien sogar von des Prinzen
geheimer Ehe gewußt und sie Anfangs nicht mißbilligt
zu haben, denn der junge Herr hatte keine Schulden
mehr gemacht, sich mit keinen dem Landesherrn miß=
fälligen, ehrgeizigen Plänen beschäftigt und was der
Prinz in Italien that, war, so lange es nicht öffent=
liches Aufsehn machte, dem Hofe ziemlich gleichgültig.
Aber jetzt, nach dem der Thronerbe plötzlich in der
Blüthe seiner Jahre gestorben war, ohne Söhne zu
hinterlassen, jetzt wo der zweite Prinz des Hauses

in Folge eines Sturzes mit dem Pferde unheilbar krank darnieder lag, war der Prinz Waldemar in den Augen seiner Familie natürlich eine andere Person geworden. Sein Vater hatte ein langes Gespräch unter vier Augen mit ihm und die Folge desselben war gewesen, daß er dem Grafen Ellernburg den Auftrag ertheilt hatte, meine Schwester außer Landes zu führen. Prinz Waldemar mußte Grund haben, von dem regierenden Herrn für Sidoniens Sicherheit zu fürchten. Dennoch liebte ihr Gemal sie noch genug um zu wünschen, daß sie in seiner Nähe bliebe, damit er sie oft ins Geheime besuchen könne, und Ellernburg wählte das ihm gehörende Landhaus über der Grenze. Es waren in der Eile einige Gemächer prächtig und geschmackvoll für sie hergerichtet worden und zwei Diener so wie eine italienische Duenna begleiteten Sidonie. Die Diener, Koch und Kammerdiener sprachen nur Französisch, hatten die Weisung, mit Niemand im Orte zu reden und wurden so hoch bezahlt, daß man sich auf sie verlassen konnte. Die Italienerin war ihrer Gebieterin wahrhaft ergeben und die beiden Franzosen sahen in dem Prinzen Waldemar schon den künftigen Regenten und große Vortheile für sich in der Perspective, wenn sie reinen Mund hielten.

Prinz Waldemar besuchte seine Gemalin oft, seine

bekannte Leidenschaft für die Jagd lieh dazu den
besten Vorwand, auch für einen Botaniker galt er
jetzt, er legte Herbarien an, sah oft den Professor
der Botanik von der Universität bei sich, und machte,
die Botanisirbüchse über den grünen Rock gehangen,
oft weite Fußtouren, bei welchen ihn nur ein einziger
Kammerdiener begleitete. Sidonie liebte Waldemar
so innig, daß sie zufrieden mit dieser Abgeschiedenheit
war, sie vertraute ihm unbedingt, früher oder später
mußte ja der Tag kommen, an welchem er sie öffentlich als seine Gemalin seiner Familie vorstellte. Sie
dachte oft an Philippine Welser, und Sidoniens
Schicksal war ein schöneres, sie hatte ja lange Zeit
im steten, herzlichsten Zusammensein mit dem Geliebten
in Italien verbracht, und jetzt erschien er ja fast jede
Woche, und mit immer neuer Liebe und Leidenschaft.
Fast täglich erhielt sie Briefchen von ihm und sandte
lange Schreiben an ihn ab. Prinz Waldemar brachte seiner Gemalin oft Bücher mit und sprach mit
ihr darüber, sie hatten, um in steter Gedankenverbin-
dung zu bleiben, immer dieselbe Lectüre.

Eines Tages hatte der Prinz ihr beim Abschiede
gesagt, daß eine längere Reise, welche er auf allerhöchsten Befehl antreten müsse, ihn mehrere Wochen
fern von Sidonien halten werde. Sie nahm mit
großer Wehmuth von ihm Abschied und versprach

ihm, für ihre Gesundheit zu sorgen und geduldig auf seine Rückkehr zu harren. Nach seiner Abreise vertiefte sie sich in ein Buch, welches er ihr mitgebracht hatte, es waren die ersten beiden Theile eines neuen, höchst interessanten Romanes, der dritte Theil war vergessen worden. Sidonie sandte den Kammerdiener in das nächste Städtchen nach dem Buche. Ohne dasselbe kehrte er zurück, es mußte erst verschrieben werden. Endlich, nach einigen Tagen traf es ein, und wurde der Gebieterin sogleich von der Kammerfrau überbracht. Es war in die Landeszeitung eingewickelt welche von ziemlich neuem Datum war. Neugierig ergriff Sidonie das Blatt und las. Es ward ihr dunkel vor den Augen, sie glaubte falsch zu lesen und las wieder, sie hatte nicht geirrt, deutlich stand es da, was ihr durch die Seele fuhr wie ein Schwert: Prinz Waldemar war am ersten dieses Monats in der Schloßkapelle im Beisein der hohen Familie des erlauchten Brautpaares mit der Prinzessin Anna getraut worden. Eine lange Beschreibung der Vermählungsfeierlichkeiten folgte. —

Was Sidonie damals empfunden und gedacht haben mag, schildert wohl keine Feder. Lange saß sie starr auf einer Stelle, dann sprang sie auf, um ihr Asyl zu verlassen und sofort nach der Residenz zu reisen. Vielleicht hätte sie diesen Plan ausgeführt,

aber ihre Kräfte verließen sie, an der Hausthür sank
sie ohnmächtig zusammen.

Wochen lang brachte sie auf dem Krankenbett zu,
ihre Dienerschaft hatte einen vorzüglichen Arzt aus
dem nahen Städtchen herbei geholt, welcher die Krank=
heit Sidoniens für ein hitziges Nervenfieber erklärte
und für eine gute Wärterin sorgte, da die Italienerin
nicht fähig war, alle Lasten allein zu tragen. Als
Sidonie wieder soweit hergestellt war, daß sie Besuch
empfangen konnte, erschien das Ellernburg'sche Ehepaar
und so schonend als möglich theilte die Gräfin der
Verlassenen, Schwergekränkten mit, daß der Landes=
herr, nach dem ihm der Prinz die volle Wahrheit
mitgetheilt habe, dessen geheime Ehe die ohne Zustim=
mung seines Oberherrn geschlossen worden sei, für
ungültig erklärt habe. Doch wolle der Allergnädigste
auf besondere Bitten des Prinzen der Baronesse
Geyerfels den Titel Fürstin von Maleszow geben
nach einer Besitzung in Polen, welche Sidonie erhal=
ten sollte unter der Bedingung, stets auf dem Schlosse
Maleszow zu leben und über ihr Verhältniß mit dem
Prinzen zu schweigen.

Meine Schwester hörte diese Vorschläge schweigend
an, endlich sagte sie: ich werde dieses Haus, ja diese
Gegend ruhig verlassen, aber erst muß ich noch ein=
mal mit Prinz Waldemar gesprochen haben, und als

die Gräfin Ellernburg Sidonien vorstellte, daß sie
ihren weiblichen Stolz zu Hülfe rufen und doch einen
Mann nicht sehen solle, welcher so leicht in die
Scheidung gewilligt und sich mit einer Andern ver-
mält habe, entgegnete Sidonie kalt und mit wahrhaf-
ter Würde: zur Scheidung gehörte auch meine Einwilligung, man begehrte sie nicht, ich betrachte mich
nicht als geschieden, sondern als die rechtmäßige Gemalin des Prinzen Waldemar. Will Prinzessin Anna,
königliche Hoheit, mit meinem Gemale als dessen
Geliebte leben, so kann sie das thun, ich aber ver-
lange ihn zu sprechen, richten Sie dies aus, Gräfin
Ellernburg, wenn Sie nicht wollen daß ich als Selbst-
mörderin ende; aber sein Sie versichert, nach meinem
Tode soll das Volk erfahren, wie heilig sein Landesherr die Ehe hält und was er sich gegen die Tochter
eines alten freiherrlichen Geschlechtes erlaubte. Ich
habe für den Fall meines Todes Verfügung getroffen!"

Was konnte die Gräfin Ellernburg anders thun
als den Auftrag meiner Schwester vollziehn?

Prinz Waldemar erschien vor seiner Gemalin.
Was Sie ihm gesagt, was er Ihr geantwortet haben
mag, hat kein sterbliches Ohr vernommen. Alles
was ich weiß, ist daß Prinz Waldemar bleich und
in sich versunken Sidonien verlassen hat. Seine Ehe
war eine traurige, die arme Prinzessin Anna hat ihn

wohl niemals heiter gesehn. Dicht neben der heißesten
Liebe liegt der glühendste Haß, Sidonie hatte Walde=
mar zu heiß geliebt, um nicht jetzt von Rache und
Zorn erfüllt zu sein. Sie wußte es, daß er sie ver=
läugnet hatte, obgleich er sie damals noch liebte, sie
empfand es schwer, daß die Welt sie statt für Wal=
demar's Gemahlin, für seine verlassene Geliebte hielt
und wußte, daß sie, wenn sie klagbar wurde, in dem
Lande, wo ihr Gemahl dem Throne der Nächste war,
ihren Prozeß nicht gewinnen würde. Deßhalb ver=
sprach sie Waldemar, sich jedes öffentlichen Schrittes
zu enthalten, aber sie erklärte ihm mit eiserner Festig=
keit, daß sie sich stets für seine rechtmäßige Gemahlin
halten werde, sie wolle nicht nach Polen ziehn und
an gewissen Tagen im Jahre, an ihrem Geburtstage
und an ihrem Trauungstage begehre sie seinen
Besuch.

Was konnte Prinz Waldemar nicht von Sidonien
erwarten, falls er diese Wünsche nicht erfüllte? Das
einsame Leben in Birkendorf, das fortwährende Brü=
ten über ihr zertrümmertes Lebensglück, ihre gekränkte
Ehre, machte sie krank an Geist und Körper. Sie
hatte die wunderlichsten Einfälle und führte dieselben
so weit als ihr möglich war, aus. Den Garten ließ
sie verwildern, eben so das Haus verfallen, nur die
Zimmer, welche sie bewohnte und in denen sie von

Zeit zu Zeit den Prinzen empfing, mußten schön er=
halten werden. Ich besuchte sie zuweilen und deßhalb
erzeigte mir Ihr Bruder, Julie, die Ehre, mich für
den Kuppler des Prinzen Waldemar zu halten. Daß
ich mich meiner Schwester öffentlich annehmen, ihre
Rechte dem Prinzen, ja dem Landesherrn gegenüber
öffentlich verfechten wollte, können Sie mir zutrauen,
allein ich wußte sehr wohl, daß mit dem Degen in
der Faust nichts auszurichten war; ich wandte mich
an einen ausgezeichneten Rechtsgelehrten, welcher als
gerecht, scharfsinnig und dabei als republikanisch ge=
sinnter Mann bekannt war. Er hörte mich ruhig
und aufmerksam an und gab mir nach langem Ueber=
legen den Bescheid, daß obwohl das moralische,
ja sogar das Kirchenrecht für meine Schwester sprä=
chen, doch hier das Staats= und auch das Hausgesetz
der allerhöchsten Familie vor jedem Richter Geltung
haben müsse, denn kein Prinz, am wenigsten einer
der möglicher Weise zur Regierung gelangen könne,
habe das Recht sich ohne Zustimmung des Landesherrn
zu vermählen, gleichviel ob mit einer Prinzessin oder
einer einfachen Bürgerstochter. Meine Schwester
habe das freilich nicht gewußt, auch würde kein Billig=
denkender sie für leichtsinnig halten, allein gegen die
Annulirung ihrer geheimen Ehe könne sie vor keinem
Gerichtshofe der Welt Einspruch thun, „mußte doch,“

schloß der Sachverwalter seine Rede, „der Kronprinz von Hannover als er sich mit der Prinzessinn von Sachsen=Altenburg vermählen wollte, außer der Einwilligung seines königlichen Vaters, auch die der Königin Victoria haben, da sie das Haupt des Hauses Hannover ist."

In das Unabänderliche fügt sich Jeder, weil er muß. Sidonie blieb in ihrem Asyl, sie weinte und verzweifelte nicht mehr, aber sie war auch nicht zu bewegen, das Haus zu verlassen, um fern vom Vaterlande auf schönern Fluren Erheiterung zu suchen. Als ich ihr einmal rieth, daß sie nach Frankreich oder England gehen solle, darauf anspielte, daß bei ihrer Jugend und Schönheit ein würdigerer Mann ihr seine Liebe weihen und ihr Herz gewinnen könne, wurde sie todtenbleich und sagte mir zornig, daß sie solche Worte niemals wieder hören wolle, sie betrachte sich stets als Waldemar's Gemahlin. Jetzt, Julie, hoffe ich bei Ihnen gerechtfertigt zu sein; Sie werden nicht mehr glauben, daß ich der Vertheidiger eines schwachen, ehrlosen Weibes bin, der feile, demüthige Diener eines charakterlosen Fürsten.

Ich habe seit dem Tage, an welchem Sie mir sagten, daß ich Sie nie wieder sehen solle, keinen glücklichen mehr gehabt. Ich suchte auf Reisen Zerstreuung, vielleicht Glück, ich fand weder die eine, noch das andre, Alles was die Jugend erfreuen kann, war für mich mit Wehrmuth gemischt. Ich reise jetzt wieder fort, auf lange Zeit, ohne Zweck und Ziel; geben Sie mir wenigstens die Versicherung, daß Sie jetzt anders von meinem Charakter denken, als Geleit mit auf meine vielleicht dunkeln, dornigten Pfade. Lassen sie mich nur noch einmal, wie in früheren glücklichen Tagen, wo ich um ihre Wohnung schlich, bis Sie aus der Hausthüre traten, Ihre theure Hand fassen und Ihnen zurufen: Gott segne Sie, Julie, Gott gebe Ihnen Glück!

Wilfried."

Julie legte die Blätter zusammen, ihre Hände waren eiskalt, ihre feine Lippe zuckte.

Mit Sidonien empfand sie tiefes Mitleid, aber das Rachsüchtige in der Handlungsweise der Baronin stieß ihr sanftes Gemüth ab, dagegen stand Wilfried in reinerem Lichte vor ihr und sie mußte zugeben, daß ein Vater wie der seine jedes Recht auf seine Kinder verwirkt hatte. Wilfried war nicht glücklich, das sagten nicht nur seine Worte, das las sie auch in seinen blassen, ernsten Zügen, die noch immer so schön waren, wie zu der Zeit, wo sie ihren kurzen Liebesfrühlingstraum geträumt hatte.

Ihr Blick fiel auf das Bild ihres Gatten, es schaute sie mit seinen offenen, ehrlichen Augen an.

Nie hatte Hallborf ihr ein rauhes Wort gesagt, nie einen Blick für andere Frauen gehabt, in ihrer Krankheit, damals als sie Arthur geboren hatte und sich lange nicht erholen konnte, war sie treu von ihm gepflegt worden. Oft hatte sie ihrer Tochter einen Ehegatten von solchem Charakter gewünscht wie ihr Vater war; aber ach, auch niemals hatte Hallborf für Julien jene berauschende Zärtlichkeit voll Poesie und Leidenschaft gehabt, welche dem fein organisirten, dichterisch angelegten Weibe Alles ist, und für die es, obgleich unkluger Weise, so große Opfer bringt, denn ach, wie theuer wird nicht oft ein kurzes strahlendes Glück bezahlt?

Immer und immer summte Julien eine alte Melodie durch den Kopf deren Worte lauteten:

„Ich hätte wohl können glücklicher sein,
Und ach, auch glücklicher machen."

VI

Der Abschied.

Julie überlegte, ob sie Geiersfels Papiere behalten, oder ihm zurückgeben sollte. Sie wünschte um Alles in der Welt nicht, daß er sie verkennen möge, zugleich empfand sie einiges Mitleid mit ihm, er verdiente doch, daß sie ihm die Versicherung mit auf den Weg gab, daß sie nicht gering von ihm denke. Einen Boten an ihn zu senden, schien ihr nicht rathlich, in einem Oert= chen wie Birkendorf wurde ja Alles und Jedes be= sprochen. Julie wußte nicht einmal, ob Wilfried, da bereits einige Tage verstrichen waren, seit sie das Schreiben erhalten hatte, noch im Orte war. Ihren Sohn zu fragen vermochte Julie nicht, und doch war sie überzeugt, daß Arthur von Wilfried wisse.

Ruhig und pünktlich wie immer besorgte sie ihre häuslichen Geschäfte, unterrichtete und liebkoste ihre Kinder und ihrem freundlichen Benehmen gegen ihren Gatten war eine besondre Weichheit zugesellt, welche Halldorf bemerkte, aber weder erwiederte noch be= sprach.

Julie trat öfters an das Fenster, sie gestand es sich aber selbst nicht warum. Eines Nachmittags, als Halldorf mit dem Geometer auf die Waldspitze gegangen war und Julie sich allein befand, schnitt sie die schönsten Blumen ihres kleinen Gartens ab, flocht sie zum Kranze und ging langsam in Gedanken verloren nach dem Grabe ihrer Mutter. Still und frieblich war es um sie her, frieblich sollte und mußte es auch in ihrem Innern werden.

Nicht lange hatte Julie an dieser heiligen Stätte

verweilt, als rasche, elastische, ihrem Ohre noch im=
mer wohlbekannte Tritte auf dem Kieswege, welcher
den Friedhof in zwei Hälften theilte, hörbar wurden.
Sie blickte auf, Wilfried stand vor ihr.

Er grüßte sie in seiner graziösen Weise und
sagte mit halbem Lächeln: Endlich, theure Julie!
ich war jeden Tag hier, wie vor vierzehn Jahren,
wo ich jeden Tag in der St. Petrikirche auf die Pen=
sionärinnen harrte, bis ich den Strohhut mit den
einfachen blaßgelben Schleifen und das kornblumen=
blaue Gewand sah. Sie haben vielleicht vergessen,
was Sie damals trugen, Julie, aber ich nicht, ich
sehe Sie noch immer vor mir."

„Lassen Sie das, Herr Baron, ich will vollkommen
wahr gegen Sie sein," sprach Julie, „ich habe Alles
gelesen, was Sie geschrieben haben, und diese Blätter
bei mir, für den Fall daß ich Sie sehen sollte."

„Sie wußten, daß ich Birkendorf nicht verlassen
würde, bis ich Sie gesprochen hatte, Julie."

„Ich konnte es annehmen, Herr Baron. Und so
nehmen Sie denn Ihre Mittheilung nebst der Ver=
sicherung, daß ich fortan mit Achtung Ihrer gedenken
werde," sagte Julie mit Würde und reichte Wilfried
die Papiere.

„Hören Sie mich an, Julie, ich bitte Sie, Sie
sind es mir schuldig, meine tiefe Liebe zu Ihnen, die

anwandelbare Treue, welche ich Ihnen vierzehn Jahre
hindurch bewahrt habe, giebt mir ein Recht, mehr
aber noch Ihr Gelübbe, Sie mußten mir mehr glau=
ben, als Denen, die Böses von mir sprachen, und
wenn es hundertmal Ihre Brüder waren."

„O Wilfried, ich glaubte Ihnen auch mehr, ich
stritt für Sie, ich bat meine Eltern, Ihren Charakter
zu prüfen, selbst mein Bruder schwieg gegenüber von
solchem Vertrauen, wie das meine war, aber —"

„Fahren Sie fort, Julie!"

„Ich will es; erzwungener Eib ist Gott leib,
und da ich nicht so gering von Ihnen denke, daß ich
glauben kann, Sie könnten Ihren Vater verläumden,
so sage ich Ihnen: Ihr Vater hatte von Ihrer Nei=
gung zu mir gehört, von Ihrer Absicht sich mit mir
zu verbinden, er kam in das ehrenwerthe friebliche
Haus meiner Eltern und sagte kalt und fest, nachbem
er sich genannt hatte, daß er niemals in Ihre Ehe
mit einem bürgerlichen Mäbchen willigen, daß er sie
mit seinem Fluche belasten würde. Er zwang mich,
Ihm zu schwören, nicht davon zu Ihnen zu sprechen,
und jetzt wissen sie Alles."

„Ich verstehe, ein junges Mäbchen, erzogen wie
Sie, die Tochter eines frommen Pfarrers konnte
man wohl auf diese Weise regieren. Ich begreife
auch, daß Sie sich bald nachher den Wünschen Ihrer

Eltern fügten und sich mit Herrn Hallborf ver-
mälten."

„Mein Vater bat mich auf seinem Sterbebett
darum und Hallborf ist ein braver Mann!"

„Gewiß, allein einfache Rechtschaffenheit giebt
noch nicht das Recht auf den Besitz eines Weibes,
wie Sie. Ich kam hierher mit der leisen Hoffnung,
Sie verändert zu finden, mich vielleicht durch ihren
Anblick von der quälenden Sehnsucht nach Ihnen zu
befreien, aber ich fand Sie wenig verändert, nur
schöner geworden. Die Knospe, die ich verließ, zur
Rose erblüht. Noch immer ist über Ihr süßes Antlitz der sanfte Friede ausgegossen, welcher für mich
einen immer neuen Reiz hat, noch immer ist mir
in Ihrer Nähe zu Muthe, als lebte ich im Lande
der Seeligen. Hallborf ist gewiß ein rechtlicher Mann,
aber ich habe ihn früher genug gekannt, um zu wissen,
daß er Ihr Wesen nicht zu würdigen im Stande ist;
er weiß nicht einmal, wie schön sie sind. Er hat Sie
lieb in seiner Weise und würde sich an der Seite
der ersten besten guten Frau eben so glücklich fühlen,
als in Ihrer sonnigen Nähe. Ich jedoch habe mit
Ihnen das ganze Glück meines Lebens entschwinden
sehen, aber da ich nichts verloren gebe, als die Todten,
so will ich mir auch das Glück wieder erobern. Julie,
läugnen hilft Ihnen Nichts. Mein Herz sagt mir zu

deutlich, daß Sie mich noch lieben, daß Sie nie aufgehört haben mich zu lieben. Nach den Gesetzen dieses
Landes ist eine friedliche Scheidung möglich und
schnell bewerkstelligt. Mein Vater ist vor Jahres-
frist gestorben und seine ungerechten, thörichten Worte
hat er, lebt sein Geist fort, längst vergessen. Schläft
er aber tief und ohne Träume, so kann ihn mein
Thun nicht mehr ärgen. Meines Vaters Wittwe
lebt in Wien und wird sich bald wieder vermälen.
Die schönen Güter der Geyerfels sind jetzt mein, ich
will Sie dahin führen. Ihr edles Herz wird dort
Gelegenheit finden, unendlich viel Gutes zu stiften.
Ihre Kinder sollen die meinen sein, ich werde, denn
ich kann es, ihnen andre Erziehung und ein schönres
Loos geben, als sie hier in dem armen Dörfchen
haben. Halldorf's Gehalt reicht kaum hin, daß der
talentvolle, hochstrebende Arthur studieren kann, Sie
selbst Julie sollen —"

Da erhob sich Julie von dem Rasenhügel, auf
dem sie gesessen hatte. Ihr klassisches Gesicht war
blaß wie Marmor, aber ihre Augen blitzten, sie erhob die Hand zum Himmel und rief: „Hebe Dich
weg, Versucher, bei dem Grabe meiner Mutter schwöre
ich, daß ich Sie niemals wiedersehen will. Nie
werde ich den Mann verlassen, der mich, wenn auch
in andrer Weise, doch treu und innig liebt, nie dem

5*

besten Vater die Kinder rauben oder gehn und die Kinder verlassen!"

„Julie bedenken Sie, was Sie thun, lassen Sie mich mit Halldorf sprechen, Sie kennen ihn nicht, Sie haben keinen Begriff von Naturen seiner Art, wenn er Sie nun leichter aufgäbe, als Sie glaub= ben?"

„Sie kennen ihn nicht, Herr Baron, Hallborf würde Ihnen — ich weiß es nicht, aber wagen Sie es nicht, Ihn mit solchen Vorschlägen zu nahen. Mögen Sie thun was Sie wollen, niemals werde ich mich von Hallborf scheiden, es schiebe uns denn der Tod, ich habe es freiwillig geschworen."

Sie erhob sich und ging mit stolzer Haltung ihrer Wohnung zu.

Wilfried sah ihr lange nach, als sie seinen Au= gen entschwunden war seufzte er tief.

„Verloren, auf immer," murmelte er, „aber noch lebe ich, noch lebt Julie, nur die Todten sind ver= loren, noch kann ich sie gewinnen." Er nahm die Papiere von dem Grabe auf und ging in Gedanken vertieft durch die obere Thüre des Friedhofs.

VII.

Zwei Lauscher.

Die Unterredung zwischen Wilfried und Julien hatte Zeugen gehabt.

In Hallborf's Seele war es, seitdem er Geyers= fels gesehen hatte, nicht so ruhig, als Julie wähnte. Er wußte von Julien's Vergangenheit mehr, als er ihr jemals entdeckt hatte. Als Hallborf sich bei dem Vater seiner Gattin um sie bewarb, lernte er auch ihren Bruder kennen, und dieser hielt es für Pflicht, dem Werber zu vertrauen, daß Julien's junges Herz schon von Liebe für einen Andern erfüllt sei, in dem er aber einen unwürdigen erkannt habe, welcher nie= mals Julien's Hand erhalten solle.

„Mit einem Unwürdigen ist leicht kämpfen in solchem Falle, ein edles Mädchen, wie Deine Schwester, verachtet ihn; dann vergißt sie sein und hängt später um so inniger an einem braven Manne," antwortete Hallborf, er gewann Julien's Vater das Jawort ab und führte die Geliebte heim.

Daß sie wirklich Geyersfels tiefer und heißer ge= liebt haben könne, als in der Regel junge Mädchen einen Mann lieben, den sie nur selten sahen, dachte Hallborf nicht im Entferntesten. Alle poetischen ro=

mantischen Empfindungen waren ihm fremd, daß er
ganz ruhig bei der Ueberzeugung war: „Julie achtet
Geyerfels nicht mehr und jetzt ist sie meine Frau."
Aber der Mensch, selbst der consequente Charater
bleibt nicht immer derselbe, auch Halldorf war nach
und nach ein Andrer geworden und zwar durch Er=
fahrung, Beobachtung, durch das Studium von Dich=
tern, welche er früher nicht gekannt hatte. Für ihn
hatte es stets nur ein Weib gegeben, seine Julie;
er liebte sie herzlich, ohne Schwärmerei nnd betrach=
tete ihre Liebe zu ihm als ein ihm gebührendes, ihn
fest und auf ewig gehörendes Gut. Daß sie an ei=
nen andern Mann denken könnte, als an ihn, war
Halldorf früher nicht in den Sinn gekommen, allein
die traurige Erfahrung; welche einer seiner Jugend=
freunde machte, dem die Gattin mit ihren ersten Ge=
liebten entflohen war, und die langsam in ihm däm=
mernde Idee, daß Julie Wilfried anders geliebt habe
als ihn, beschäftigte ihn doch zuweilen in den letzten
Jahren, doch suchte er stets solche Gedanken zu ver=
jagen. Er betrachtete sie als düstere Träume. Seit
jedoch Geyersfels wieder in Birkendorf gesehen ward,
erwachte eine Art von Eifersucht in seinem Gemüthe.
Julie schien ihm innerlich verändert. Er beobachtete
sie heimlich und scharf, er hatte sie schon das Erste=
mal auf dem Kirchhofe mit Wilfried sprechen sehen,

aber eben als er den Friedhof betrat und sich hinter einen großen Busch von Spätrosen verbarg, hatte das Gespräch zwischen Julien und den Baron auf= gehört, sie entfernte sich stolz und Wilfried sprang rasch über die niedere Friedhofsmauer.

Daß Julie, die ihn sonst nichts verschwieg, von ihrer Begegnung mit dem Baron ihm kein Wort ge= sagt hatte, befremdete Hallborf. Er beobachtete sie fortwährend auf jedem Schritt, ohne daß sie es ahnte; er, der Jäger gewohnt jedes Menschen Fußtritt zu kennen, hatte mit scharfem Auge bemerkt, daß Wil= fried sich oft in der Nähe des Hauses und auf dem Friedhofe gezeigt hatte. Heute hielt es der sonst so offne, heitre Hallborf für räthlich, seinem Weibe eine Unwahrheit zu sagen. Bei Tische, als beide Ehe= gatten äußerlich ruhig, innerlich tief bewegt, einander gegenüber saßen, warf er die Bemerkung hin, daß er bald nach dem Essen auf die Waldspitze gehen wolle, den Geometer zu treffen. Die Waldspitze war über zwei Stunden weit vom Forsthause gelegen.

„Ich will mir einige Bäume anmerken und auch die neuen Anpflanzungen mustern, liebe Julie," sagte er leicht hin, „ich werde vor Abend nicht zurück sein."

Julie erwiederte nichts als: „ganz wie Du Lust hast, ich will einige häusliche Geschäfte vernehmen."

Halldorf ging auch in Wahrheit nach den unfern von der Waldspitze gelegenen Anpflanzungen, aber er kehrte bald um und schlug mit pochendem Herzen und Riesenschritten den Weg nach dem Friedhofe ein. Nicht der weiße Rosenbusch barg ihn diesmal, er stieg in ein offnes Grab hinab in der Nähe des Platzes, wo er Julien erwartete, und wo er sicher war, jedes Wort, welches gewechselt wurde, deutlich hören zu können.

Als Wilfried von seiner Liebe zu Julien sprach, ballte Halldorf die Faust; er war nahe daran auf= zuspringen und vor ihn hin zu treten, aber er hielt an sich, er mußte ins Klare kommen, mußte seiner Gattin Antwort hören.

Nachdem Julie sich entfernt hatte, sank eine Centnerlast von Halldorf's Herzen, sie war noch seine edle, treue Gattin, ihr hatte er keinen Vorwurf zu machen, aber mit dem Baron wollte er ein ernstes Wort sprechen, den Störer seines Eheglücks zur Rechenschaft ziehen, gleichviel ob Wilfried's Plan ge= lungen war oder nicht. Es ist sehr leicht in ein Grab, selbst wenn es tief wie dieses war, hinab zu springen, aber nicht so leicht heraus zu kommen. Halldorf konnte keinen Anlauf nehmen, und ehe es ihm gelungen war, wieder auf der Oberfläche des

Friedhofs zu stehen, hatte Wilfried denselben längst
verlassen.

„Wir finden uns schon noch, Herr Baron!" rief
der Förster unwillkührlich laut und knirschte mit den
Zähnen, bei diesen Worten hob er drohend die Faust
nach der Gegend hin, nach welcher zu Wilfried von
Geyersfels gegangen war. Dann ordnete der Förster
seinen Anzug und schritt auf einem Umwege seinem
Hause zu.

Aber noch Einer hatte Julien, Wilfried und Hall=
dorf gesehen, jedes Wort vernommen, jede Bewegung
bemerkt, und jetzt trat er hinter einem hochaufgerich=
teten Denkmal hervor. Es war ein junger, stattlich
aussehender Franziskaner=Mönch, dessen braune Au=
gen, dessen volles Lockenhaar mit der sehr kleinen
Tonsur wenig zu dem einfachen, ernsten Gewande
stimmte, welches er trug.

„Ich bin heute vergebens gekommen," murmelte
er, „doch nein," sagte er zu sich selbst, „ich habe ein
Geheimniß entdeckt und das ist auch etwas werth.
Nummro Eins weiß ich, daß der reiche Baron von
Geyersfels die schöne Förstersfrau glühend und bis
jetzt hoffnungslos liebt, ich kann mich ihm als Spion
anbieten und bei dieser Gelegenheit fällt für mich
sicherlich ein Erkleckliches ab; zweitens bin ich fest
überzeugt, daß die Frau, so tugendstolz sie sich auch

geberdete, dem Baron schwärmerisch ergeben ist. Zu oft habe ich Beichte gehört, um nicht das Herz einer Frau zu durchschauen, zumal das einer so einfachen, tugendhaften und Drittens wird der Förster mir nicht mehr so auflauern, wenn ich im Walde spazieren gehe, sobald ich ihn merken lasse, daß ich im Stande bin, eine Geschichte von seiner Frau zu erzählen. Mag sie auch unschuldig sein so viel sie will, ich habe Frau Hallborf allein auf dem Friedhofe mit dem Baron Geyersfels gesehen, der ein sehr schöner Mann ist, kaum vierunddreißig Jahr alt. Ich habe kein Wort von ihrem Gespräch verstanden, heißt es dann, aber Frau Hallborf hatte Thränen in den Au= gen und der Baron war sehr bewegt."

Und der Pater lachte, daß seine Zähne, weiß und schön gereiht, hinter den vollen, rothen Lippen her= vorleuchteten.

Der Mönch erinnerte sich, daß es Zeit sei, nach seinem Kloster zurückzukehren, wolle er zur Stunde des Nachtessens im Refectorium sein. So viele Frei= heit der Pater Guardian ihm ließ, da er dem Kloster sehr nützlich war, so hielt er doch mit Strenge darauf, daß jeder der Fratres zur Minute im Kloster war, wenn die Ausgangsstunden abgelaufen waren. Fra= ter Cölestin nahm das auf dem Boden stehende, bis an den Rand mit frischen Eiern und Honigwaben gefüllte Körbchen auf, und verließ die Stätte des Friedens, indem er mit wohllautender Bariton= stimme zu einer Choralmelodie Verse sang, deren theils lustiger, theils erotischer Inhalt schlecht zu der Weise stimmte.

Den Frater kümmerte das wenig, er lachte zwi= schen jeder Strophe herzlich, und als er sich fern von dem Dorfe im Dickicht sah, intonirte er nach Webers herzerfreuender Melodie ein von ihm ver= faßtes Lied, das also begann:

„Was gleicht wohl auf Erden dem Klostervergnügen."

Eine gute Stunde hinter Birkendorf, unfern der Waldspitze, stand seit sechs Jahrhunderten das Fran= ziskanerkloster Gnadenort. Eine fromme Fürstin hatte es gestiftet, als ihr Gemahl und ihr Sohn in der Schlacht bei Tagliacozzo gefallen waren, als An= hänger des unglücklichen Conrabin von Schwaben. Dem Schutzpatron ihres Gemahls zu Ehren hatte sie es nach ihm genannt, reich dotirt und noch die Beruhigung gehabt zu erleben, daß ein Guardian und sechs Fratres das schöne Gebäude bezogen und in der, im gothischen Styl gebauten Klosterkirche Messe lasen. Der verletzte Landesherr hatte es Gnadenort getauft.

Seit dem hatte sich Vieles geändert. Der Wald war bedeutend kleiner geworden, in der Nähe des

Klosters und einiger dazu gehörigen Ortschaften, waren große Dörfer mit Kirchen entstanden, wo das Evangelium nach Luthers Ansichten verkündigt wurde und nur hie da und wohnte in den protestantischen Dörfern eine katholische Familie, welche die Kloster= kirche besuchte. Im Kloster selbst, das nach und nach durch Stiftungen frommer Seelen sehr reich geworden war, lebten jetzt zwanzig Mönche unter der Obhut des Herrn Guardians und seit sich, vor etwa zwei= hundert Jahren, ein großes Wunder in Gnadenort begeben hatte, war das Kloster ein vielbesuchtes Ziel für Waller aus nahen und fernen Gegenden. Be= kanntlich haben die Franziskaner die Pflicht oder die Erlaubniß, wie man nun eben sagen will, zu betteln, oder wie es in der Klostersprache heißt: zu termi= niren.

Der Herr Guardian war sehr besorgt für die unter den Protestanten wohnenden Mitglieder seiner Gemeinde, und die beiden jüngsten Fratres, welche am besten zu Fuße waren, hatten es über sich, die in Birkendorf und der Umgegend wohnenden Glaubens= genossen zu besuchen; sie vor den Eintritt in die protestantische Kirche zu warnen, gelegentlich den pro= testantischen Geistlichen dieser Dörfer Uebles nachzu= reden, dabei aber auch anzunehmen, was die alte fromme Lindenbäuerin, die Frau Müllerin, der reiche

Metzgermeister und noch einige gläubige Seelen den Herrn Patres aus christlichem Gemüthe an Lebens= mitteln zu senden gewillt waren.

Der jüngste Pater, wegen seines Aeußern der schöne Cölestin genannt, hatte sich bald nach seinem Eintritt in das Kloster, die besondere Gunst des Herrn Guardian erworben. Der würdige joviale Herr liebte leidenschaftlich Musik, und da Pater Cö= lestin in Wahrheit ein vortrefflicher Sänger war, so wunderte sich Niemand über des Guardians Vorliebe für den jungen Mann. Auch seine Ordensbrüder hatten ihn gern, da sie ihn stets heiter, dienstfertig und mittheilend fanden; seine bösen Eigenschaften, Jähzorn, raschauflodernde Sinnlichkeit kamen im Kloster nicht zum Vorschein, auch schützte sein Ge= wand ihn vor Händeln, in welche Cölestin, hätte er in der Welt gelebt, wohl leicht gerathen wäre.

Heute nun hatte er sich vergebens bemüht, eine Person zu sprechen, welche ihn mehr, als es sich mit Cölestins Pflichten vertrug, interessirte, aber nach= dem er seinem Unmuthe über das Fehlschlagen seiner Hoffnungen durch einige kräftige Flüche Luft gemacht hatte, befand er sich wieder in der besten Stimmung von der Welt.

Eben wollte er die zweite Strophe seines Liedes beginnen, als der Ruf „guten Abend, Herr Pater,"

ihn aufmerkſam machte. Der Geometer kam des
Weges daher, ebenfalls in froher Laune, und wie es
ſchien,. etwas vom Geiſte des Rebenſaftes durchglüht,
welcher in der ſogenannten Kloſterſchenke in vortreff=
lichſter Qualität zu haben war.

„Sie hören auf zu ſingen, hochehrwürdiger Herr,"
ſagte der Geometer, „entziehen Sie mir doch nicht
dieſen Kunſtgenuß; ſelten ſind Stimmen, wie Sie
eine beſitzen, und bei Gott, Sie wiſſen ſie auch zu
behandeln. Kein Wunder, daß alle Mädchen und
Weiber in der ganzen Gegend in Sie vernarrt ſind,
Pater, beim Zeus, kein Wunder!"

„Mich freut mein Organ, weil ich es zum Lobe
Gottes und der Heiligen erſchallen laſſen kann," ent=
gegnete der Pater und nahm eine ernſte Miene an,
„und· für Frauen und Mädchen habe ich, ein Kloſter=
bruder, kein Auge."

„Kein Auge, hahaha! Und wenn das wäre,
Pater, dann ſollten Sie ſich ſchämen; wer die Schön=
heit nicht bewundert, iſt ärger als ein Heide, er
iſt· ein Vandal. Haben Sie nicht die blonde
Dame in dem abgelegenen Hauſe geſehen, welche
man die wahnſinnige Gräfin nennt. Den Teufel
iſt ſie wahnſinnig, höchſtens ſpricht Melancholie aus
ihren ſchönen Augen, dann kommt eine jüngere Frau,
eine wahre Muſe, die ſchöne Frau Hallborf; wenn

ihr Mann von einem Wildschützen getödtet würde,
legte ich dieser Wittwe Hand und Herz zu Füßen,
obgleich sie drei Kinder hat, und drittens die junge
Müllerin; Donner Wetter ist das Weibchen pikant
und niedlich! Als ich zuletzt mit ihr sprach. —"

„Mit Ihr? Wo, wann?" fragte der Pater
rasch und dunkle Zornesröthe überzog seine Züge.

Der Geometer fand nicht für gut, eine andre
Antwort zu geben, als ein lautes Gelächter.

Der Pater hatte sich indeß gefaßt und ließ schnell
die zum Schlage erhobene Hand sinken. „Die Familie
des Müllers ist rechtgläubig," sagte er, und jeden
Geistlichen der alleinseligmachenden Kirche liegt es
ob, auf die Mitglieder seiner Gemeinde ein wach=
sames Auge zu haben. Euer Umgang, Herr Geo=
meter, scheint mir für keinen Katholiken ersprießlich,
da Ihr wie es scheint, die Götter der blinden Heiden
Bachus und Venus mehr venerirt, als einem recht=
schaffenen Christen ziemt."

Der Geometer lachte abermals und sagte einige
lustige Worte über die Enthaltsamkeit der Mönche;
Pater Cölestin warf dem Geometer einen Blick zu,
als wolle er ihn damit erdolchen, und murmelte:
„Herr, Sie sind berauscht!" Und schritt rasch an
ihm vorüber, als fürchte er sich vor seiner eigenen
Heftigkeit.

Den Geometer focht des Paters Zorn wenig an,
er ging, dann und wann über eine Baumwurzel
stolpernd, auf Birkendorf zu und sang halblaut mit
ziemlich hübscher Stimme nach einer bekannten Volks=
melodie:

„Grüß' Dich Gott, Frau Müllerin
Willst mir nimmer aus dem Sinn."

VIII.

Eheleben und Liebesleben.

Aufgeregt, aber doch einig mit sich selbst und in
gehobener Stimmung durch den Sieg, den sie über
ihre Fantasie errungen hatte, — denn ohne daß sie
es sich selbst bewußt war, beschäftigte Wilfried mehr
ihre Fantasie als ihr Herz, — kehrte Julie in ihr
Haus zurück. Ihre Kinder sprangen ihr fröhlich und
rosig entgegen, und war es auch nicht glänzend in
den Gemächern, welche sie bewohnte, wie auf dem
Schlosse zu Geyersfels, so fühlte sie sich doch hei=
misch in dem stillen Forsthause, sie hatte noch keine
bittre Thräne in diesen Räumen vergossen, niemals
Grund gehabt, Halldorf zu zürnen.

Mit Unwillen verwarf sie den Gedanken, diesen braven Mann zu verlassen; sie wußte, daß sie nimmer glücklich sein könnte, nachdem sie Halldorf's Glück zerstört habe. Sie war scharfsichtig genug, einzusehn, daß Geyersfels sie nur deßhalb leidenschaftlich begehre, weil sie sich ihm versagt hatte, daß seine Liebe im Grunde doch keine edle sei, da er Unedles von ihr fordere.

Als eine Stunde später Halldorf in das Wohnzimmer trat und seine Frau unter den Kindern sitzend erblickte, trat er mit einem glücklichen Lächeln zu der Gruppe hin, legte die linke Hand auf das blonde Köpfchen seines Töchterchens und reichte mit Herzlichkeit die rechte seiner Julie. Er war mit sich selbst zu Rathe gegangen, was er zu thun habe, um Julien glücklicher zu machen als bisher, sie sollte bei·ihm mehr als eben nur Frieden finden, deßhalb war er diesen Abend besonders mittheilsam und endlich sagte er: „Du hast fast gar Nichts von der Welt gesehn und ich habe eine kleine Summe erspart, Urlaub kann ich mir schon verschaffen, wie wär' es, Julie, wenn wir zusammen eine Reise machten. Arthur geht in die Stadt zurück, die beiden jüngsten Kinder könnten wir indeß ebenfalls Deinem Bruder übergeben, oder auch, wenn Du es wünschest mitnehmen."

„Jetzt, zum Herbst sollten wir reisen? Nein,

lieber Friedrich, gerade im Herbst sind mir Wald und Gegend hier am liebsten, auch würde ohne Arthur mich die Reise nicht freuen. Lasse uns im Frühling die Fremde besehn und auch Arthur mitnehmen."

„Sei es denn wie Du wünschest," erwiederte Hallborf, „wir genießen diese Reise dann dreifach. Erst indem wir Reisepläne entwerfen und, Alles überlegend uns für die Gegenden entscheiden, von denen wir uns den meisten Genuß versprechen, dann in der Wirklichkeit und endlich in der Erinnerung."

Als Julie Abends in ihrem Gemache vor dem Einschlafen die Hände faltete, dankte sie Gott, daß er sie richtig geleitet hatte. Hallborf betrachtete noch lange die Schlummernde mit liebevollem Herzen.

Als Wilfried von Geyersfels den Friedhof verlassen hatte, tobten Schmerz, Liebe, Haß und Rache in seinem Innern. Niemals war ihm Julie schöner und begehrenswerther erschienen, als an diesem Abende, es schien ihm geradezu widersinnig, daß dieses Weib einem einfachen Manne angehören, daß diese seltene Perle, würdig in einer Kaiserkrone zu glänzen, in Silber gefaßt sein sollte. Er hielt sich, Hallborf gegenüber, für vollkommen berechtigt, seine früheren Ansprüche geltend zu machen, und Juliens Abweisung hatte ihn durchaus nicht gegen sie erkaltet.

Indem er, allerlei abenteuerliche Pläne schmiedend,

die er balb verwarf, balb gut fand, planlos vorwärts
ging, erreichte er das Haus, welches seine Schwester
bewohnte, und wo auch er sein Asyl hatte.

Die italiänische Kammerfrau kam ihm mit der
Nachricht entgegen, daß Gräfin Sidonie Gäste erhal-
ten habe, den Grafen Ellernburg mit einer jungen
Dame.

Wilfried war nicht dazu gestimmt, diese Gäste
zu begrüßen, er zog sich in seine Zimmer zurück und
überließ sich seinen düstern Gedanken, dazwischen tön-
ten Juliens Worte in seiner Seele: „nie scheide ich
mich von meinem Gatten, es scheide uns denn der
Tod!"

Während Wilfried fern von dem Hause seiner
Schwester gewesen war, hatte diese Besuch bekommen,
welcher sie in die größte Aufregung versetzt hatte.

Wie gewöhnlich lag sie, trübsinnig in ihre Erinnerungen versenkt, auf ihrem Sopha, als die Zofe
mit einem Briefchen eintrat, das an ihre Gebieterin
adressirt war.

Sidonie öffnete es und las; es kam vom Grafen
Ellernburg, welcher sie bat, ihn vor sich zu lassen,
indem er der Ueberbringer wichtiger Nachrichten sei.

Sidonie legte den Brief bei Seite und fragte hastig:
„Ist der Graf schon hier im Hause, Laura?"

„Im Vorgemache, gnädigste Frau."

„Laß ihn eintreten, und sorge daß der Baron,
mein Bruder, uns nicht stört."

Sidonie richtete sich auf, sie hoffte, daß ihre
Unterredung mit dem Grafen eine kurze sein würde,
deßhalb stand sie auf und die rechte Hand gestützt,
in der linken ein feines Taschentuch haltend, sah sie
mit dem stolzen Anstande einer Fürstin dem Ein=
tritte des Grafen entgegen.

Der Graf verbeugte sich tief, er kannte Sidoniens
Character, und nur aufrichtige Anhänglichkeit an den
Prinzen hatte ihn bewogen, einen sehr delicaten Auf=
trag zu übernehmen. Er hatte die strengste Weisung,
die Gräfin nicht zu reizen; auch wollte Ellernburg
das nicht, denn er war ein Mann, welcher das
moralische Recht Sidoniens anerkannte.

Der alte Herr war dem Tode nahe, Prinz Wal=
demar konnte jeden Tag erwarten, zur Regierung
zu gelangen. Noch immer war des Prinzen Ehe
kinderlos, dumpfe Gerüchte von einer rechtmäßigen,
verstoßenen Gemalin des Prinzen fingen an aufzu=
tauchen, man flüsterte davon, daß sie jenseits der
Grenze wohne, und daß der Prinz sie zuweilen heim=
lich besuche. Irgend ein boshafter Mensch hatte der
Prinzessin Waldemar einen Brief in die Hände zu
spielen gewußt, durch dessen Inhalt sich diese un=
schuldige, den Prinzen innigst liebende Dame auf

das Schwerste verletzt fühlte, und um sich Ruhe zu verschaffen, beschloß sie dem, in dem Briefe erwähnten Verhältnisse auf den Grund zu kommen.

Sie äußerte gegen den Prinzen große Sehnsucht das Land kennen zu lernen, besonders die romantische Gegend von Birkendorf, und das Kloster Gnadenort, ja sie, die Katholikin, sprach von einer Wallfahrt dahin, um an heiliger Stätte für sich das Glück zu erflehn, Mutter zu werden und als der Prinz ihr vorstellte, daß diese Reise viele Beschwerden mit sich führen würde, da in jenen Gegenden, weil kein Handel dort sei, auch noch keine Eisenbahnen gefunden würden, erwiederte die Prinzessin: „Das thut Nichts, Waldemar, die Fahrt wird dann um so romantischer; ich bedarf kein großes Gefolge, mache wenig Ansprüche, auch soll ja, im Nachbarstaate, aber unweit des Klosters, Graf Ellernburg ein stattliches Haus besitzen, er wird sich gewiß eine Ehre daraus machen, es mir auf einige Tage zur Verfügung zu stellen."

Prinz Waldemar versuchte zu scherzen „wie beharrlich doch die Frauen sind, besonders die schönen, so viel ich gehört habe, ist jenes Haus seit Decennien unbewohnt, vielleicht nicht einmal eingerichtet, was würden Sie zu abgerissenen Tapeten und unmöblirten Gemächern sagen?"

„Mein Theurer, ich werde an die Gräfin Ellern=
burg schreiben; ich bin zufrieden, wenn ich einige
Betten, Tische und Stühle finde; ich halte es für
Gewissenssache, in Gnadenort meine Andacht zu ver=
richten."

Dabei sah die Prinzessin den Prinzen Walde=
mar mit einem Blicke an, der tief in seine Seele
drang und ihn bewog, ihr lächelnd zu sagen: „Ich
bin überwunden, reisen Sie sobald es Ihnen gefällt,
aber ich werde wegen meines Oheims, der täglich
schwächer wird, auf das Glück verzichten müssen,
Dich zu begleiten."

Er nannte seine Gemahlin selten Du, sie fragte
sich: „ist dieser Ausdruck Liebe oder Heuchelei, um
mich sicher zu machen? und zu ihm gewendet sagte
sie: „Gut, so will ich meine Reise einrichten, daß
ich das Engelfest im Kloster begehe.

Jetzt mußte Prinz Waldemar darauf bedacht sein
Sidonien aus diesen Hause zu entfernen. Ein Tele=
gramm berief den Grafen von Ellernburg an den
Hof und nachdem der Prinz seinem Vertrauten seine
Lage mitgetheilt hatte, beschwor er ihn, Alles anzu=
wenden, um Sidonien im Guten zu vermögen, jene
Gegend zu verlassen und außer Landes zu gehn, ja
er gab ihm sogar ein Schreiben an die Verlassene
mit, in welchem er, Prinz Waldemar, Sidonien

versprach wieder mit ihr zusammen zu treffen, doch sollte Ellernburg nur im höchsten Nothfall davon Gebrauch machen.

Jetzt stand der Graf Sidonien gegenüber, in der Stellung eines Mannes, welcher der Anrede harrt.

Sidonie musterte ihn einen Augenblick, dann sagte sie, einen Seufzer zurückdrängend: „Wir haben uns lange nicht gesehn, Graf Ellernburg, was führt Sie hierher?"

„Der Befehl meines allergnädigsten Herrn, des Prinzen Waldemar; ich habe die Pflicht Ihnen, gnädigste Frau, mitzutheilen, daß die Aerzte jeden Tag dem Hinscheiden des Landesherrn entgegen sehn."

„Ist das Alles, was Sie mir zu sagen haben, Herr Graf?"

„Ich bin allerdings noch nicht zu Ende, allein ich werde kurz sein. Seine königliche Hoheit der Prinz Waldemar wünschen, daß die gnädigste Frau dieses Haus verlassen und unter meinem Geleit sich in das ferne Ausland begeben möchten, am liebsten sähe er es, wenn Sie, gnädigste Frau, Italien wählen!"

„Und warum?"

„Er hält das milde Klima von Rom oder Neapel der Gesundheit Ihrer königlichen Hoheit — Graf Ellernburg wählte absichtlich diesen Titel — für zuträglicher als diesen einsamen Aufenthalt hier. Des

Prinzen Verbindung die erzwungen, ist kinderlos geblieben, der Tod des Landesherrn macht den Prinzen frei. Prinzessin Anna ist selbst nicht glücklich, aber kann der neue Landesherr seine Gemalin aus diesem Hause hier abholen? Wer hat wohl mehr auf den äußern Anstand zu achten, als die Hochgestellten? Gehen Sie, gnädigste Frau, jetzt nach Italien, so kann Seine königliche Hoheit, sobald er lästige Bande abgestreift hat, Höchstdieselben aus Rom abholen, wo der geheimen Trauung die öffentliche folgen soll."

Sidonie hatte den Grafen ruhig angehört, jetzt sagte sie heftig: „und Alles dies soll ich glauben? Ich bin zu schwer getäuscht worden, um mich auf das Wort des Prinzen zu verlassen, Sie müssen mir bessre Beweise bringen, daß Waldemar es ehrlich mit mir meint, als diese Worte. Er konnte die junge, schöne Gemalin verleugnen, er wird jetzt nicht die minder jugendliche aufsuchen, fort von hier aus seiner Nähe will er mich haben, das ist Alles!"

„Ich beschwöre Ihre Hoheit, mir zu glauben; ich habe, damit Sie in Italien mehr ihrem Range nachleben können, den Befehl von dem Prinzen erhalten, Ihnen, gnädigste Frau, dort einen Palast zu miethen, einen Hofstaat zu bilden. Für gewisse Vergünstigungen, welche der Prinz, sobald er an

die Regierung kommt, den Katholiken zu Theil wer=
den lassen will, wird er sich vom Pabste einen Titel
für Sie erbitten, Alles wird geschehn um seine Ehe
mit Ihnen legitim zu machen, und eine Verwandte
meines Hauses, Gräfin Ulrika von Ellernburg, soll
Sie als Hofdame begleiten, sie ist meine Mündel,
mit mir hierher gekommen und bittet um die Gnade
Ihrer königlichen Hoheit aufwarten zu dürfen.“

„Gönnen Sie mir Zeit, bis Morgen, Graf
Ellernburg, mein Bruder ist hier, mit ihm will ich
mich berathen, die junge Gräfin werde ich in einer
Stunde gern bei mir sehn.“

Vor der Hand war der Graf mit dem Erfolge
seiner Unterredung zufrieden. Er hatte gefürchtet
Sidonie werde ihm, wie das ihr Character mit sich
brachte, mit Heftigkeit oder Zorn entgegen treten,
seinen Vorschlägen keinen Glauben, ja vielleicht nicht
einmal Gehör schenken, aber ein Blick in das Antlitz
des noch immer schönen, einst so blühenden Wesens
überzeugte ihn, daß er auf wenig Widerstand zu
rechnen habe. Das fieberhaft blitzende Auge, die
eigenthümliche Röthe der Wangen und der kurze
Husten, welcher Sidoniens Rede von Zeit zu Zeit
unterbrach, sagten ihm deutlich, daß die Frau, wel=
che Waldemar einst so heiß geliebt hatte, im vor=
letzten, ja vielleicht schon im letzten Stadium der

Schwindsucht sei. Gewandten Geistes, wie Graf Ellernburg war, paßte er seine Vorschläge den Ver=hältnissen, an, ihm schien es am Menschlichsten die Arme zu täuschen, eine Reise nach Italien hielt er für die Kranke am räthlichsten. Auch dem Baron von Geyersfels mußte das einleuchten, deßhalb suchte er ihn auf und fand ihn in der rechten Stimmung, die Leiden seiner Schwester zu verstehn.

Lange sprachen beide Männer mit einander, am Schlusse dieser Unterredung bemerkte der Graf: „ich begreife Ihre Empfindungen gegen den Prinzen, aber sein Sie versichert, daß er unter dem Drucke seiner Verhältnisse namenlos gelitten hat. Niemals wird er sich verzeihen, daß er dem Weibe, welches er über Alles liebte, so viel Qual zu gefügt hat, er konnte nicht aus seiner Erziehung heraus, sonst hätte er auf die Thronfolge resignirt und in die Scheidung von Ihrer Frau Schwester nicht gewilligt. Lassen Sie Sie uns jetzt vereint das Einzige thun, was noch gethan werden kann, um die letzte Lebenszeit der Armen zu versüßen.‘‘ Wilfried drückte dem Grafen Ellernburg die Hand, beide Männer verstanden einander.

Einige Tage später erzählte man sich in Birken=dorf, das Ellernburg’sche Haus stehe leer. Zwei elegante Reisewagen mit Postpferden bespannt, wa=

ren von dem Hauſe aus durch das Dorf gefahren, in dem einen hatten zwei Damen Platz genommen, in dem andern Baron Geyersfels und Graf Ellern= burg, die Dienerſchaft war auf den Außenſitzen placirt.

Arthur hatte Gelegenheit gefunden, den Baron noch einmal zu ſehn, er befand ſich wieder in der Stadt bei ſeinem Oheim. Hallborf dankte Gott, daß Wilfried von Geyersfels die Gegend verlaſſen hatte.

Julie ſprach kein Wort, als man hier und da von der Abreiſe der räthſelhaften Dame erzählte. Einige Tage nach ihrem Verſchwinden brachte der Dorfbote ein kleines Käſtchen und gab es Julien, als ſie ſich eines Nachmittags allein im Hauſe befand.

Lange hielt ſie es ſinnend in der Hand, ſie hatte kaum Luſt es zu öffnen, ihr Herz ſagte ihr, das es von Wilfried ſei, denn eine namenloſe Bangigkeit überkam ſie. Mit bebender Hand ſtellte ſie das Käſtchen in einen Winkel ihres Schrankes, aber war es Neugier oder der Gedanke, daß ſie ſich geirrt habe, genug ſie öffnete ſpät Abends das Käſtchen doch; ein blitzender Rubinring ſtralte ihr entgegen auf einem Blättchen las ſie, was Wilfried mit flüchtiger Hand geſchrieben hatte:

„Julie, ich muß Dich jetzt verlassen, aber meine Gedanken, meine Seele bleibt bei Dir. Wir sehn uns wieder, und dann wirst Du nicht mehr aus Pflichtgefühl verbannen

Deinen Wilfried.

Sie legte den Ring und das Blatt wieder in das Kästchen und verbarg es in die Tiefe des Schrankes, zu welchem nur sie den Schlüssel besaß.

IX.

Februar.

Die Arbeiten des Geometers waren beendet, aber er machte noch keine Anstalten zur Abreise, er schickte seine Zeichnungen und Berechnungen nach der Residenz und schrieb dazu, daß ihm vom Arzte Landluft verordnet worden sei. Früher hatte er nicht begreifen können, wie man es auf dem Lande aushalten könne, jetzt erklärte er, daß ihn vor der dumpfen Atmosphäre der Stadt graue, ein Förster oder Müller schien ihm ein glücklicher Mann. Dabei war es dem Geometer, ohne daß er sich sonderlich Mühe gegeben hatte, gelungen, sich zum Lieblinge der ganzen Bevölkerung zu machen, denn seine

geselligen Talente waren sehr vielseitig. Unser Geo=
meter war hübsch genug, um den Frauen gefallen
zu können, er tanzte gut und unter der Linde auf
niedergetretenem Rasen so gewandt und so gern, als
im parquettirtem Saale; er spielte leidlich Guitarre
und sang mit hübscher Tenorstimme Lieder von allen
Gattungen dazu, er machte den Knaben Papierdrachen,
den kleinen Mädchen Papierpuppen, brachte den ge=
bildeteren Frauen in der Gegend, wo er Gast war,
dann und wann ein interessantes Buch und denen,
welche weniger von Lesen hielten, Pilze, welche er im
Walde gesammelt hatte, Kronsbeeren, Wachholder
und dergleichen. Er schoß gut und durfte mit den
Revierförster schießen gehn, er zeichnete Stickmuster,
gratulirte mit scherzhaften Versen zu Geburtstagen
und borgte doch bei keinem Menschen Geld. Für
erzeigte Gastfreundschaft erwies er sich gegen die
Kinder der Häuser, in denen er aus und einging
erkenntlich und im Erzählen drolliger Anekdoten war
er eben so sehr Meister, als im Vortrage interessanter
Reiseabenteuer oder rührender Geschichten. Erschien
er im Wirthshause, um den Amtmann, den Schult=
heißen, einige Gutsbesitzer und die gebildeteren
Männer Birkendorfs und der Gegend zu treffen, so
machte ihm Jeder mit Vergnügen Platz, und ehe
er eine neue Geschichte begann, hieß es gewöhnlich:

„Halt! entweder muß ich gleich fort denn sonst hält mich der Herr Geometer mit seiner Geschichte fest, oder ich bleibe lieber gleich da und lasse eine neue Flasche Wein bringen, welche der Geometer mit mir leeren muß."

Das that dieser denn auch, bestellte aber als Revange gleich nachher noch eine Flasche und mochte nun der Wein leicht oder schwer sein, wenn er nur rein war, vertrug der Geometer auch sein gut Theil, denn bis jetzt hatte ihn Niemand berauscht gesehn.

Im Forsthause wurde er stets sehr freundlich aufgenommen, und um immer interessanten Unter= haltungsstoff zu haben, wurden vor dem Abendessen neue Dichtungen oder Romane gelesen, über welche nach beendigter Mahlzeit Julie und die beiden Männer sprachen. Bei diesen Unterredungen entwickelte Hall= dorf so viel Herzensgüte und gesundes Urteil, daß Julie ihrem Gatten mit Vergnügen zuhörte, und wer das Paar genau betrachtete, mußte glauben, daß erst jetzt die Flitterwochen für dasselbe begonnen hätten.

Der Geometer war den Kindern der Protestan= ten als Knecht Ruprecht, denen der Katholiken als St. Nicolaus erschienen und hatte Äpfel und Nüsse eingeworfen. Das Christfest war vorüber mit seinen kirchlichen und weltlichen Festlichkeiten, der Geometer hatte viel zur Belebung desselben gethan,

auch einige große Schlittenfahrten arrangirt, da es
hart gefroren war und an Schnee nicht fehlte. Es
wurde einige Tage darüber gescherzt, daß der Geometer die junge hübsche Wittwe des alten reichen Thal-
müllers ganz allein in einem eleganten Rennschlitten
gefahren hatte, da er aber den nächsten Tag in demselben Schlitten die alte ledige Schwester des Pfarrers
abholte und ein andres Mal die beiden kleinen Töchter des Amtmanns fuhr, zerstob das Geschwätz wie
Spreu im Winde, und der Geometer durfte wieder,
ohne für den guten Ruf der jungen Frau fürchten
zu müssen, in die Mühle gehn. Besaß er doch sogar die Gunst der achzigjährigen, noch sehr rüstigen
Schwiegermutter der Müllerin.

So war der Januar verstrichen, der Februar ließ
sich nicht milder an, man profezeihte einen endlosen
Winter. Der Landesherr war gestorben, alle Tanz-
vergnügungen hatten in Folge der Landestrauer schon
Anfang Februar aufgehört, in den Zeitungen las man,
daß der neue Regent sich bald huldigen lassen und
dann, um seiner angegriffnen Gesundheit willen, nach
dem Süden reisen wolle.

Die Birkendorfer hatten keinen Grund, den verstorbenen Monarchen besonders zu beklagen, sie waren
also dem Geometer sehr dankbar, daß er die ange-
nehmen Schlittenfahrten veranstaltet und allerhand

gesellige Spiele erfunden hatte. Im Winter giebt es auf dem Lande am wenigsten zu thun, so wurde denn einen Tag nach der Klosterschenke, ein andres Mal nach der Glashütte, ein drittes Mal in die nächste Stadt gefahren, meist führte der Weg durch den Wald und wer jemals an einem windstillen trocknem Wintertage wohlverhüllt in wärmende Pelze durch den Wald fuhr, weiß, wie eigenthümlich schön eine solche Tour ist.

Um die Illumination zu sehn, mit welcher das nächste Städtchen die Thronbesteigung Waldemar I. feiern wollte, war wieder eine große Fahrt beschlossen und der Geometer mit dem Amtmanne und dem Gerichtsarzt des nächsten Marktfleckens den Tag vor dem Fest in das Städtchen gefahren, im ersten Hotel ein geräumiges Zimmer und Speisen für zwanzig Personen zu bestellen.

Auf dem Rückwege war es schon ganz dunkel, nur der Schnee leuchtete, der Mond ging an jenem Abende erst später auf.

„Sieh da," rief jetzt der Geometer, „da ist ja das verwünschte Haus, ich meine das Ellernburg'sche erleuchtet. Ist denn die Dame zurückgekehrt?"

„Schwerlich," erwiederte der Amtmann, „sonst müßten es meine Frauenzimmer, denen es für eine

in einem Schlitten ein Plätzchen für mich für den Heimweg.

Statt des Gerichtsarztes, welcher mit Frau Halldorf und des Pfarrers Schwester fahren sollte, trat der Geometer ein.

„Ei," scherzte Julie, „ wollten Sie nicht die Frau Müllerin fahren?"

„Sie bleibt daheim, der Altmühlscher ist krank, sie selbst hat keine Lust, was weiß ich," entgegnete er etwas gereizt, „nun wie Frau Burgheim denkt, das Wetter ist herrlich und wir wollen schon fröhlich sein. Au revoir Herr Revierförster.

Julie reichte ihrem Manne die Hand und sagte freundlich: „Komm' nicht zu spät, lieber Friedrich. Behüt Dich Gott!"

Mitten im Walde, zwischen alten Fichten und Tannen, befand sich seit Jahrhunderten eine Capelle, der heiligen Katharina geweiht. Seit die Gegend fast nur von Lutheranern bewohnt war, hatte Niemand mehr dafür gesorgt, daß die Capelle erhalten wurde; sie war von Wind und Wetter übel zugerichtet, das Bild der Heiligen im Innern des kleinen Gebäudes fast ganz von Regen abgewaschen und seit drei Jahrzehnten diente die Capelle sehr selten einen andächtigen Wanderer zum Sammeln frommer Gedanken, wohl aber ward die geweihte Stätte in die=

That und Gedanke. 7

ser Zeit sehr oft von Liebespaaren und Wildschützen
benutzt; die ersteren fanden sich bei Tage in dem
dunklen Capellchen ein, um nicht gesehen zu werden,
die letzteren versteckten in der Nacht ihr erlegtes Wild=
pret oder verbargen sich wohl selbst in dem unterir=
dischen Gewölbe der Capelle, obgleich sich daselbst der
nun fast verfallene Sarg eines frommen Einsiedlers
befand.

Auch den Nachmittag, an welchem sich die Ho=
noratioren Birkendorfs im Städtchen aufhielten, war
die Capelle nicht leer, ein Mann, dessen Züge sich
nicht leicht erkennen ließen, weil er sich in den Hin=
tergrund zurückgezogen hatte, saß auf den Altarstufen
und wartete mit Ungeduld auf eine andere Person.
Endlich wurden leichte, rasche Schritte auf dem hart=
gefrorenem Wege hörbar, eine dunkel gekleidete, in ein
großes schwarzes Tuch gehüllte Frauengestalt ward
sichtbar, nachdem sie sich nach allen Richtungen hin
umgeschaut und Niemanden erblickt hatte, trat sie in
die Capelle und sagte etwas zaghaft: „Da bin ich,
ich konnte nicht früher abkommen, die Mutter ließ mich
nicht eher aus den Augen, ich darf auch nicht lange
bleiben, also lassen Sie mich schnell hören, was Sie
mir zu sagen haben."

„Ei seht doch, so kurz bist Du heute, mein Schätz=
chen, hattest doch sonst Zeit für mich. Die Mutter

wird schon warten, Du bist ja kein kleines Kind und
überdem schlau genug, ein X. für ein U. zu machen.
Komm gieb mir Deine Hand und setze Dich zu mir!"

„Ich habe wirklich nicht Zeit, auch ist es schauer-
lich kalt, sprechen Sie rasch, ich bitte und lassen Sie
mich fort."

„Warum bist Du denn gekommen, wenn Du
sogleich gehen willst? Friert Dich, so trinke einen
Schluck Wein und komm in meine Arme ich will Dich
schon wärmen."

„Was haben Sie mir zu sagen?"

„Daß ich Deine Liebelei mit dem fremden Wind-
beutel nicht leide, daß ich es müde bin, daß Du mit
mir kokettirst und dabei stets die Spröde spielst. Ich
habe zwei Briefe von Dir, und wenn Du nicht thust,
was ich begehre, so werde ich dafür sorgen, daß dieselben in der ganzen Gegend bekannt werden. Dann
sollst Du erfahren, wie man Dich da achten wird."

Das Frauenzimmer brach in Thränen aus, der
Mann lachte.

In einiger Entfernung von der Capelle ging ein
Mann durch den Wald, um ihn her war Alles still,
sein feines Ohr vernahm einen Schrei, er schien
von der Katharinencapelle her zu kommen, der Mann
eilte mit raschen Schritten auf die Capelle zu, ohne
sich umzusehn.

Während sich dies im Walde begab, waren die Birkendorfer im Gasthofe zum goldenen Stern sehr fröhlich. Die Fahrt war herrlich gewesen, das sonst stille Städtchen heute sehr belebt und alle seine Gebäude prangten im Festschmuck.

Man hatte vortrefflich gespeist, den neuen Landesherrn in rothen und goldenen Rebensaft leben lassen und freute sich, als mit einbrechender Dunkelheit die Lampen und Kerzen angezündet wurden, welche die Stadt im hellen Glanze zeigten. Alle waren heiter, nur Julie wurde etwas ungeduldig, sie hatte Halldorf vor Beginn der Dämmerung erwartet, und der Geometer empfand es als Beleidigung, daß die Frau Müllerin nicht Wort gehalten hatte, sondern zu Hause geblieben war. Mit Vergnügen würde er Julie nach Hause gefahren haben, aber die Kinder baten die Mutter, daß sie noch bleiben möge, es sei gar so schön, und die Schwester des Pfarrers versicherte, daß sie um keinen Preis allein durch den Wald fahren würde, alle sechs Schlitten müßten beisammen sein.

Endlich als es im Städtchen neun schlug trat man den Rückweg an.

Der Mond war voll und golden aufgegangen und beleuchtete den Weg, die Glöckchen klangen lustig, die Schlittenführer knallten, selbst Julie war heiter geworben, denn fie war ihrer Heimath nahe, der Heimath, welche fie mehr als jemals liebte, feit Hall= dorf mittheilender geworden war. Der Geometer mit feinen eleganten Schlitten führte den Zug an, jetzt stutzten die Pferde, fie wollten alles Antreibens ungeachtet nicht weiter gehn.

Der Geometer ftieg vom Schlitten und gab Julien die Zügel zu halten, plötzlich ftieß er einen Schreckens= fchrei aus, die andern Schlitten kamen näher.

Julie fragte was gefchehen fei, Niemand wollte ihr antworten. Sie gab die Zügel ihrer Nachbarin und fprang aus dem Gefährt. Da lag auf dem blendenden Schnee regungslos, tobtenbleich leblos ihr Gemahl, um ihn her Spuren von Blut. Julie ftieß einen herzzerreißenden Klagelaut aus und fank bei dem Geliebten nieder.

Während die Kinder laut jammerten und die ftarren Hände des Vaters mit Thränen und Küffen bebeckten, entfpann fich zwifchen dem Amtmanne und dem Gerichtsarzte ein lebhafter Streit.

Der Amtmann, ein Deconom, welcher diefen Titel hatte, weil er fürftliche Ländereien verwaltete, beftand darauf: der Förfter müffe liegen bleiben, bis die Gerichtsperfonen des Dorfes erfchienen wären, der Arzt nannte daß Unfinn, denn vorerft müffe man den Mann nach feinem Haufe fchaffen und fehn, ob

er noch in das Leben gerufen werden könne oder
nicht.

Einige Damen hatten Julien aufgerichtet und sie
nebst den Kindern in ihre Schlitten gebracht, der
Geometer aber hatte, während Amtmann und Doctor
noch heftig mit einander eiferten, kurzen Prozeß gemacht, den Leblosen rasch aufgehoben, mit Hülfe eines
Freundes in seinen Schlitten befördert und als das
geschehen war, jagte er wie auf Windesflügeln dem
Dorfe zu.

XI.

Der nächste Tag.

Am andern Tage hörte man in Birkendorf und
der Umgegend kaum ein andres Wort, als Be-
merkungen über den Förster, und Vermuthungen und
Fragen, wer die schaudervolle That verübt habe. Die
Gerichtspersonen hatten sich, begleitet vom Amtmanne,
auf den Platz verfügt, wo der Revierförster gelegen
hatte. Es war nichts zu sehn, als Fußtritte von
Männern und Frauen nebst Blutspuren. In der
Capelle war auch Nichts zu finden, als eine leere

Weinflasche, doch konnte sie schon länger dagelegen
haben, es war eine Korbflasche, wie Reisende sie zu
tragen pflegen.

In dem Forsthause auf seinem Bette lag der
Förster, der Gerichtsarzt hatte eine Wunde am Hin=
terkopfe desselben gefunden, doch schien sie dem er=
fahrenem Manne nicht tief genug, als daß er sie als
Ursache des Todes betrachten wollte. Auffallend
war es, daß der Kopf Hallborf's, als man ihn ge=
funden hatte, verbunden war und zwar mit einem
feinen Tuche von Battist, wie nur Damen oder
vornehme Herren sie im Gebrauche haben. Durch
dieses Tuch war offenbar der Blutverlust verringert
worden. Hallborf's Gesicht war bleich, aber seine
Züge friedlich wie die eines Schlafenden.

Julie knieete an seinem Lager und betete.

„Wenn er nur den Mund öffnete, wenn wir ihm
etwas Wein einflößen könnten," sagte sie endlich
zum Arzte.

Dieser betrachtete sie mitleidig und sagte mit er=
stickter Stimme: „der gute Hallborf wird nie wieder
Wein genießen!"

„Aber sie halten ja die Wunde nicht für tödtlich?!"

„Kaum, aber dennoch ist er —"

„Sprechen Sie das Wort nicht aus, ich hoffe
noch, Hallborf hat schon zweimal im Leben den Starr=

krampf gehabt, könnte er nicht auch jetzt davon be=
fallen fein?"

„Ha! das wäre möglich und da ich die Wunde aus=
gewaschen und verbunden habe, ist jetzt Nichts zu
thun, als daß wir ihren Gatten ruhig liegen laffen
bis er entweder —" der Doctor vollendete den
Satz nicht.

Die beiden Kinder traten ein und knieten neben
der Mutter; innigere Gebete ftiegen wohl nie zum
Himmel auf, als in diefem Augenblicke, aus den
Herzen Juliens und ihrer Kinder.

Ein mitleidiger, befonnener Nachbar hatte einen
Boten an Frau Hallvorf's Bruder gefchickt, damit
diefer auf fchonende Art dem Sohne mittheile, welch'
Unglück fich daheim ereignet habe. Julien's Bruder
war durch fein Amt gefeffelt, aber Arthur machte fich
fofort mit dem Boten auf den Weg nach feiner
Heimath.

Eben als Mutter und Geschwister ihre Hände
gefaltet zu Gott emporgehoben hatten, trat Arthur
herein. Als er die geliebte Gestalt des Vaters leb=
los vor fich fah, zuckte fein Gesicht, er faßte des
Vaters starre Hand und rief: „O wie oft habe ich
Deinem edlen Willen nicht gehorcht, aber fo war mir
Gott helfe in meiner letzten Stunde, ich will alle die
Lehren befolgen die Du mir gegeben haft, ich will

Stütze und Trost für die Mutter und die jüngern Geschwister sein."

Hierauf ließ er sich Alles, was sich in den letzten Stunden begeben hatte, erzählen, auch das Battisttuch verlangte er zu sehn. Als die Mutter es herbei brachte, erbebte er am ganzen Körper: „Das Tuch kenne ich!" sagte er mit hohler Stimme, „ich sah es in der Hand des Baron von Geyersfels."

Vor Juliens Augen dunkelte es, sie sank in den Stuhl zurück.

Der Untersuchungsrichter aus der Stadt war mit seinem Actuar und zwei Polizeibeamten eingetroffen, um sofort eine Untersuchung zur Auffindung des Mörders zu beginnen.

„Ein Wildschütz kann diese ruchlose That nicht vollführt haben," bemerkte der Untersuchungsrichter, denn ein solcher würde auf den Förster geschossen haben. Ein gewöhnlicher Raubmörder ebenfalls nicht, denn die goldne Taschenuhr an goldner Kette, der Siegelring, Pretiosen, welche Hallborf stets trug, waren ihm nicht geraubt, in seiner Börse fanden sich zehn Friedrichsd'or, er hatte in der Stadt Einkäufe machen wollen. Nur persönlicher Haß konnte diese That veranlaßt haben. Wer aber haßte den Revierförster? Die Antwort lautete: Niemand. Hallborf war wegen seinem biedern Charakter überall aufrich-

tig geschätzt, vom Hause aus wohlhabend, war er im
Stande, freigebig zu sein, und laut klagten die
Armen des Dorfes um den Verlust des Wohlthäters.

Arthur hatte das Haus verlassen, er ging seinen
eigenen Weg, seine Geschwister saßen weinend in
ihrem Stübchen bei der treuen Magd. Julie ver=
weilte allein bei ihrem Gatten, sie gab noch immer
die Hoffnung nicht auf, daß er nur scheintodt sei,
unterhielt das Feuer im Ofen, rieb ihm die Schläfe
mit stärkenden Essenzen und küßte das liebe bleiche
Antlitz. Niemals war sie sich ihrer Liebe zu Hall=
dorf so bewußt gewesen, wie in diesen schweren Stun=
den. Seine unveränderte treue Liebe, seine Güte
und Sorge für die Kinder, ach, alle die schönen
Züge seines Charakters strahlten im hellsten Lichte
sie an, und dieser Mann sollte nie wieder zu ihr
sprechen, niemals wieder die Worte der Liebe aus
ihrem Munde vernehmen?

Hatte Gott sie für ihre phantastischen Gedanken
gestraft, welche vor einiger Zeit Geyersfels in ihr
erweckt hatte? Was war ihre einstige Kinderliebe
zu dem leidenschaftlichen Manne gegen die gleichblei=
bende, immer wahre Neigung zu Halldorf? Geyers=
fels hätte sie auf die Dauer nicht beglückt, ihre Le=
bensstellung und Erziehung war zu verschieden von
der seinigen.

„Herr, strafst Du nicht nur Thaten, sondern auch vorübergehende, Gedanken?" fragte sie. Indeß saß der Untersuchungsrichter in einem Zimmer des stattlichen Dorfgasthofes, dessen Besitzer der Richter von Birkendorf war. Er hatte erst mit dem Richter und dem Gerichtsarzte gesprochen, dann bat der junge Halldorf um geheimes Gehör bei dem Untersuchungs= richter und zuletzt Pater Cölestin aus dem Kloster Gnadenort.

Zu derselben Zeit hielt ein gewöhnlicher Fracht= wagen vor dem Ellernburgschen Hause, der Fuhrmann und ein Diener des Baron von Geyersfeld beluden das Fuhrwerk mit Kisten und Mobilien. Als der Wagen voll war, fuhren Kutscher und Diener mit demselben fort. Wilfried von Geyersfeld in Reise= kleidern trat aus dem Hause und schloß es zu, dann schlug er den Weg nach Birkendorf ein, um sich auf dem Postamte Wagen und Pferde bis zur nächsten Stadt zu bestellen.

Kaum hatte er die Grenze überschritten und die ersten Häuser Birkendorfs erreicht, als zwei bewaffnete Polizeibeamte auf ihn zu traten mit den Worten: „Herr Baron von Geiersfels, Sie sind unser Gefangener."

Geyersfels trat einen Schritt zurück, entrüstet rief er aus, „Sind Sie toll?" Die Männer jedoch versicherten, wenn er Widerstand leisten würde, müßten sie Gewalt anwenden, denn sie hätten den Befehl, ihn zum Untersuchungsrichter zu führen."

Geyersfels hielt es jetzt für klüger, sich in sein Schicksal zu ergeben, da er unbewaffnet war; „Gut, so lassen Sie uns rasch gehn, es muß sich ja sofort Alles aufklären," sagte er.

Der Untersuchungsrichter ließ den Baron sogleich vor sich führen. Ohne des Richters Anrede abzuwarten, fragte Geyersfels etwas herrisch: „was dem Herrn Criminalrathe denn das Recht gebe, ihn verhaften zu lassen."

„Ich wünsche, Sie zu befragen, was Sie von dem Tode des Revierförster Hallborf wissen?" sagte der Criminalrichter und faßte den Baron scharf in das Auge.

„Tode? Ist Hallborf todt?" stammelte Geyersfels. Sein Gesicht sah bleifarben aus, „wann starb der Mann?" fragte er.

„Sollten Sie wirklich nicht wissen, daß man ihn gestern Nachts nach zehn Uhr leblos im Walde gefunden hat?"

„Nein, wie sollte ich —"

„Und doch begegnete Ihnen der Lindenbauer kurz nach halb zehn Uhr im Walde, der Mann ging heim, Sie aber schritten auf die Kapelle zu. Er bot Ihnen

guten Abend, nannte dabei ihren Namen und Sie
erwiederten seinen Gruß."

„Das ist Wahrheit."

Der Actuar schrieb indeß jedes Wort des Sprechen=
den nieder, der Untersuchungsrichter fuhr fort:
„vielleicht reuete Sie diese That, der verwundete Kopf
des Revierförster war mit einem Tuche verbunden;
der älteste Sohn des Revierförsters behauptet, dasselbe
bei Ihnen gesehen zu haben, und allerdings ist es
mit den in einander geschlungenen Buchstaben W. G.
bezeichnet, darüber ist in feiner Stickerei ausgeführt
eine Krone."

„Arthur hält mich für einen Mörder," murmelte
der Baron, „und Julie, ich wollte sagen Frau Hall=
dorf? —" er hielt inne.

„Frau Halldorf hat bisher das Gemach nicht
verlassen, was diese Dame jetzt von Ihnen denkt,
weiß ich nicht, wohl aber habe ich aus glaubwürdi=
gem Munde ein Gespräch wiederholen gehört, das
Sie im September des vorigen Jahres auf dem hie=
sigen Friedhof geführt haben, mit Frau Halldorf,
es spricht stark gegen Sie."

Geyersfels schwieg, nach einer langen Pause fragte
er: „Wer hat Ihnen jenes Gespräch mitgetheilt?
Ich sprach mit Frau Halldorf, aber ohne ihren
Willen und nimmer werde ich dulden, daß der Ruf

einer Frau, welche ich hoch achte, verunglimpft wird.
Sie soll ihren Wittwenschleier, wie sie es verdient,
mit Ehren tragen."

„Wenn Frau Halldorf's Name nicht in das Spiel
kommen soll, so können Sie das am Leichtesten ver=
hindern, wenn Sie die That sofort gestehn."

„Das kann ich nicht, Herr Criminalrath, ich bin
aber jetzt noch zu sehr erschüttert, um klar zu wissen
was ich zu thun habe. Ich gebe Ihnen mein Ehren=
wort, daß ich nicht entfliehen will, lassen Sie mir
Zeit bis Morgen."

Der Criminalrath ließ dem Baron ein Zimmer
im Gasthofe anweisen, welches von den Polizeibeam=
ten bewacht wurde.

Zu sich selbst sagte er: „Alles spricht gegen die=
sen Mann, aber dennoch wird es mir schwer an
seine Schuld zu glauben.

XII.
Ein ganz unerwartetes Ereigniß.

Am andern Morgen, als die Birkendorfer noch
beim Frühstück saßen, durchliefen die überraschendsten
Neuigkeiten die Gegend. Der Baron von Geyersfels

sollte freiwillig gestanden haben; daß er den Revier=
förster niedergeschlagen habe; die alte Müllerin im
Sterben liegen und die junge Müllerin kränklich sein,
endlich Halldorf als Gespenst umhergewandelt sein
und bei der Frage, ob Geiersfels ihn ermordet habe,
mit dem Kopfe genickt haben, dann sei er wieder starr
und steif niedergefallen.

Die Warheit lautete jedoch ganz anders; die alte
Müllerin kränkelte nur etwas, die junge aber war
ernstlich krank und flößte dem Gerichtsarzt große
Besorgniß ein, denn er wollte der hübschen freund=
lichen Frau, die im Hause der mürrischen Schwieger=
mutter nicht auf Rosen ging, herzlich wohl. Sie
sagte im Delirium so Manches, was besser ungesagt
geblieben wäre, es war ein Glück, daß die alte
Müllerin harthörig war, und die Magd auf die un=
zusammenhängenden Reden der Fieberkranken nicht
achtete. Der Gerichtsarzt wußte, daß die junge
Müllerin, die Tochter eines armen gebildeten Beam=
ten, den viel älteren reichen Mann geheirathet hatte,
um ihre jüngeren Geschwister zu unterstützen. Daß sie
kein tiefes Wittwenleid trug und vielleicht bald ge=
neigt war einem jungen Mann nach ihrem Herzen
die Hand zu geben, fand der milde Arzt nicht für
verdammenswerth.

Die merkwürdigste Neuigkeit aber, die später sich

als wahr auswies und wie ein Freudenfeuer von
Haus zu Haus ging, war, daß Halldorf wirklich nur
leicht verletzt war und im Starrkrampfe gelegen hatte.
Er athmete hörbar, er regte sich wieder, die Farbe
des Lebens war in sein Antlitz zurückgekehrt. Julie
ging umher wie eine Verklärte, die Kinder jubelten,
alle Freunde und Nachbarn fanden sich glückwünschend
im Forsthause ein, nur der Geometer und der Ge=
richtsarzt zeigten noch ernste Mienen. Der Erstere
freute sich über Halldorf's Rückkehr zum Leben, aber
er zitterte für das der jungen Müllerin, die er auf=
richtig liebte und von welcher er gern gesehen war,
dem Gerichtsarzt wollte des Försters andauernde
Bewußtlosigkeit nicht gefallen. Er fürchtete, daß die
Gehirnerschütterung, welche in Folge des Falles Hall=
dorf erlitten habe, von bösen Folgen sein könne. Der
Kranke bewegte sich leicht, hatte Arznei und Nahrung
zu sich genommen, schien aber Niemanden zu kennen,
sich auf Nichts zu besinnen.

Als Geyersfels hörte, daß Halldorf lebe, faltete
er die Hände, zwei große Thränen funkelten in sei=
nen Augen, „nun wird sich Alles aufklären," sagte
er, „Halldorf muß wissen, wer ihn niedergeschla=
gen hat."

Der Gerichtsarzt scherzte über sich selbst, daß er
den Zwillingsbruder des Todes, den Starrkrampf,

für den Tod selbst gehalten habe, setzte aber dann hinzu: „doch darf ich mich selbst nicht allzuhart des Irrthums anklagen, denn der Starrkrampf Halldorf's war so abnorm, daß eine ganze Versammlung von Aerzten ihn mit dem eingetretnen Ableben verwechselt haben würde. Geyersfels sandte fast täglich Briefe nach Italien, er erklärte daß er freiwillig in Birkendorf bleiben wolle, bis der Förster wieder bei vollem Bewußtsein sei und fähig, sich deutlich zu erinnern wer ihn verwundet habe. Julien sah er nie.

XIII.

Der erste Mai.

Woche um Woche ging langsam dahin; Halldorf schien äußerlich zu genesen, er klagte nicht über Schmerzen, die Speisen, welche er zu sich nahm, sagten ihm offenbar zu, allein er blieb still und in sich gekehrt und sein Gedächtniß zeigte sich sehr lückenhaft, er war nicht fähig, seine schriftlichen Arbeiten zu machen und Julie hatte sich einstweilen vom Oberforstamt einen Adjunct für den Revierförster erbeten. So oft die Rede auf den Ueberfall im Walde gelenkt wurde, erblich der Leidende und bei jeder Frage, ob er sich des Mannes erinnere, der ihm den Schlag versetzt habe, verneinte er. Wer Halldorf's Verhältnisse nicht genau kannte, konnte leicht auf den Gedanken kommen, er habe eine Last auf seiner Seele, er sei eines Verbrechens schuldig, nicht ein Andrer. Endlich kam der Gerichtsarzt auf einen Einfall, den er früher hätte haben sollen, er verordnete dem Förster Chinin und viele Bewegung in frischer Luft, der Frau Halldorf aber sagte er unter vier Augen, daß sie nicht ablassen müsse, ihren Gatten zu bitten ihr volles Vertrauen zu schenken, denn er, der Gerichtsarzt glaube fest: daß Halldorf den Thäter wisse und nicht sagen wolle, und daß dieser am Ende doch Gehersfels sei, denn sonst würde Halldorf den Baron nicht fortwährend unter kränkendem Verdacht und in Haft wissen wollen. Julie dankte dem Gerichtsarzte und versprach das Ihrige zu thun.

Am ersten schönen Frühlingstage führte sie Halldorf in den Wald zu seinem Lieblingsplätzchen, wo sie unzählige Male mit ihm gesessen hatte. Es war eine reizende Stelle, ein grünes Rasenstückchen mit Veilchen und Himmelsschlüsselchen übersät und von Buchen und Lerchenbäumen beschattet, zwischen denen die helleren Blätter der Birke und Silberpappel hervorleuchteten.

Hier, wo er freier aufathmete, heitrer umher-

schaute, schmiegte sich Julie innig an ihn, und hier
bat, ja beschwor sie den geliebten Mann, ihr zu
entdecken, was sein Herz bedrücke und ihr nicht länger
sein Vertrauen zu entziehn, „denn, mein theurer
Friedrich," schloß sie mit zärtlichem Tone ihre Rede,
„ich liebe Dich zu innig, um nicht in deiner Seele
zu lesen; sie leidet mehr als dein Körper."

„Also Du liebst mich, Geliebte, Du, der ich so
wenig zu bieten habe, Du bist zufrieden mit dem
einfachen Loose, weil Du es mit mir theilst?"
fragte er.

„Kränke mich nicht, Friedrich, denn das verdiene
ich nicht," entgegnete Julie mit Würde.

„So höre denn mein Bekenntniß," sagte er,
„aber verschließe es tief in deinem Herzen.

„Du kannst mir Alles vertrauen, Friedrich," sagte
Julie mit einem schönen Blick. „Ich werde es
verstehen und heilig bewahren."

Halldorf begann: „Als ich Dich zum Erstenmale
sah, meine Julie, liebte ich Dich, offen und ehrlich
warb ich vor den Augen Deiner Eltern um Dein
Herz. Dein Bruder entdeckte mir heimlich, daß Du
schon eine Neigung gehabt, vielleicht noch hättest,
zu einem Manne, den er mir als einen Unwürdigen
bezeichnete, auch nannte er dessen Vater, adelstolz
und hart. Diese Mittheilung schmerzte mich, aber

8*

sie schreckte mich nicht ab. Ich dachte, es müßte
meiner Liebe doch gelingen, Dich zu gewinnen, und
ich glaube noch heute, daß Du nicht ohne herzliche
Hinneigung die Meine wurdest, als Du sahst, daß
aus Deiner Verbindung mit dem Baron von Geyers=
fels nur Unheil für Dich, vielleicht auch für ihn ent=
stehen mußte. Ob Du an meiner Seite glücklich
warst, Julie? Du mußt es wissen, leider bin ich
ein schweigsamer Mensch und that wohl nicht immer
genug, um meine poetische, fantasievolle Frau stets
für mich zu interessiren, nicht wahr Julie?"

„O, Friedrich, Du bliebst Dir immer selbst gleich!"

„Als Geyersfels im Herbst hier war, erfaßte mich
rasende Eifersucht, doch hoff' ich, daß ich sie glücklich
zu verbergen gewußt habe."

„Eifersüchtig warst Du? In Wahrheit, das habe
ich Dir nicht angemerkt," erwiederte sie langsam.

„Zweimal sah ich Dich mit Geyerfels auf dem
Friedhofe sprechen, das zweite Mal vernahm ich je=
des Wort."

„Du lauschtest Friedrich."

„Nun ja, ich hielt mich für berechtigt dazu; auch
hast Du durch Deine Rede zu ihm damals Frieden
in mein Herz gegossen. Ich ließ ihn ziehen und
suchte aufs Neue Deine Liebe zu gewinnen.

„Du hattest sie!"

„An jenem Tage nun, wo Du mit den Kindern nach der Stadt gefahren warst und ich, unsrer Verabredung gemäß, Dir nachkommen sollte, fiel es mir ein, daß es doch hübsch wäre, wenn die beiden alten silbernen Pokale, welche vom Vater und Groß= vater herstammen, einmal wieder vom Juwelier blank geputzt würden, und ich nahm den Schlüssel zu den großen braunen Schrank in Deinem Zimmer. —"

„Hattest Du auch einen Schlüssel dazu?" unter= brach ihn Julie.

„Von jeher, meine Julie. Ich öffne also den Schrank und nehme die Pokale in die Hände, da erblickte ich in einem Winkel ein Kästchen. Niemals hatte ich es früher gesehen, ich mache es auf, ein kostbarer Ring funkelt mir entgegen, ein Blättchen von Geyersfels Hand, auf welchem er sich Deinen Wilfried genannt hatte, fällt mir ins Auge, was in diesem Augenblicke in mir vorging, vermag ich nicht mit Worten auszudrücken, es war einige Tage nach der Unterredung datirt, die Du mit ihm gehabt hattest, als Du ihn seinen, vielleicht aus Wahrheit und Dichtung bestehenden Brief zurück gabst. Halb im Traume schloß ich den Schrank zu und verließ das Haus. Lange Zeit irrte ich umher, ich wußte nicht, was ich von Dir denken sollte. —"

„Friedrich, es war gewiß kein Unrecht, daß ich

den Ring und das Blättchen aufbewahrt hatte. Ich wußte des Barons Aufenthalt nicht, sonst hätte ich ihn beides zugesandt, Dir wollte ich nichts von dieser unseligen Gabe sagen, ich fürchtete, Du könntest Geyersfels aufsuchen, Dich vielleicht mit ihm schlagen."

„Ich glaube Dir Julie, aber es ist in der Regel niemals gut, wenn eine Frau vor dem Gatten Geheimnisse hat, mögen immerhin ihre Beweggründe edel sein."

„Du hast Recht Friedrich, doch sprich weiter."

„Endlich kam ich zu dem Entschlusse Dich in der Stadt aufzusuchen, wie ich Dir versprochen hatte, offen mit Dir zu reden. Es dämmerte schon, als ich mich auf den Weg machte. Mitten im Walde scholl ein Schrei an mein Ohr, er klang mir wie ein Hülferuf und rasch eilte ich dem Orte zu von wo der Laut ertönte. In der Katharinenkapelle sah ich soweit ich es noch erkennen konnte eine Frau mit einem Manne ringen; ob sie sich brutalen Liebkosungen entziehn oder ob er ihr ein anderes Leid zufügen wollte, sah ich nicht; ich rief zornig: „Laßt die Frau frei," und schritt auf die Kapelle zu. Sie, verhüllt, benutzte mein Dazwischentreten und stürzte aus der Kapelle heraus, an mir vorüber, auf Birkendorf zu fliehend. Ich wollte, um dem Weibe einen Vorsprung zu lassen, den Mann aufhalten, aber rasch,

ehe ich ihn faſſen konnte verſetzte er mir mit ſeinem
Knotenſtock einen ſo heftigen Schlag, daß ich zu Bo=
den ſank. Ich hatte, weil ich in der Stadt nicht
von Bekannten angeredet ſein wollte, um nicht ſo=
gleich erkannt zu werden, meine Uniform nicht an=
gezogen, alſo wie Du weißt keine Waffen bei mir,
auch die Hunde hatte ich beide zu Hauſe gelaſſen,
weil ich mit Dir nach Hauſe fahren wollte. Gegen
den Bewaffneten hätte wohl jener Mann dieſen Schlag
nicht gewagt. Ich war wie betäubt, lange hatte ich
nicht gelegen, als ich wieder Tritte vernahm, ein
Mann bückte ſich zu mir nieder, er band ein Tuch
um meinen Kopf, ich ſah das Geſicht des Baron
von Geyersfels, dann verließ mich das Bewußtſein
ganz. Ich vermuthe, da die Wunde nicht ſo tief
war um mich ganz bewußtlos zu machen, daß die
heftige Gemüthsbewegung, in welcher ich mich befand,
den Starrkrampf herbeigeführt hatte. Nun urtheile
ſelbſt, Julie, was konnte ich von Geyersfels anders
denken, als daß Leidenſchaft für Dich ihn wieder
hierher geführt hatte, ich, der ich keinen Feind in
der Gegend habe, muß glauben, daß er den Schlag
auf mein Haupt führte, um Dich zur Wittwe zu
machen und zu gewinnen, daß ihn aber ſpäter die
That reute, weßhab er umkehrte, mir Hülfe zu leiſten,

denn daß Geyersfels es war, der mich verband, da=
rauf will ich den heiligsten Eid leisten."

„Daß er Dir beistehen wollte, glaube auch ich,
aber obgleich ich mir nicht erklären kann, warum er
Dich später verließ, bin ich doch fest überzeugt, daß
er nicht in der Capelle war. Er hat mich geliebt,
wenn er um meinetwillen nach Birkendorf gekommen
war, wie könnte er eine Zusammenkunft mit einer
Frau gehabt haben, und in der Capelle?"

„Du hast Recht Julie, jetzt wo mich die Eifer=
sucht nicht mehr blendet und ich auf den Knieen Dir
den leisesten Verdacht abbitten möchte, glaube ich es
selbst nicht mehr, obgleich die dunkle Mannsgestalt
von deren Hand ich den Schlag empfing ganz die
Größe von Geyersfels hatte. Allerdings sagte jener
Mann einige Worte, er stieß einen fürchterlichen Fluch
aus, aber ich kann mich der Stimme des Menschen
nicht mehr erinnern."

„Und was willst Du thun? noch immer ruht
auf dem Baron der Verdacht, noch ist er nicht frei."

„Heute noch bei Gericht die Erklärung abgeben,
daß ich mich jetzt deutlich erinnere, jetzt wo alle
meine Lebensgeister erwacht sind und ich genesen bin,
wie fest ich überzeugt bin, daß ein Andrer den Streich
geführt hat, der leicht der Todesstreich hätte sein
können."

Hand in Hand sah man eine Stunde später das Ehepaar aus dem Walde nach seiner Behausung gehen.

Der Criminalrichter war schon längst nach der Stadt zurückgekehrt, da Hallborf nicht in Folge des Schlages gestorben war, hatte natürlich die ganze Sache eine andre Wendung genommen und der Baron als reicher Grundbesitzer war einstweilen auf Ehrenwort frei gegeben. Er war in Birkendorf geblieben, um Hallborf's Genesung abzuwarten, denn Wilfried von Geyersfels wünschte sehnlichst die Herstellung seines Rufes, er gehörte nicht zu den Edelleuten, welche, sind sie nur glücklich dem Schauplatze ihrer Thaten fern, sich nicht darum kümmern, was man von ihnen spricht.

Jetzt hatte der Revierförster feierlich vor Zeugen ausgesagt, daß er sich deutlich entsinne, wie nicht der Baron, sondern ein andrer ihn verletzt habe, und der Criminalrichter, welcher aus der Stadt gekommen war, um diesen Akt zu bekräftigen, sagte schließlich: „Auch ich, Herr Baron, habe nicht einen Augenblick Ihre Unschuld bezweifelt, das hat Ihnen mein Be= nehmen wohl immer gezeigt, allein ich mußte meine Pflicht thun, Verschiedenes lenkte Verdacht auf Sie. —"

„Gewiß," rief Wilfried von Geyersfels rasch, da er

fürchtete, der Criminalrichter könne sein Gespräch mit
Julien erwähnen, „gewiß, Herr Criminalrath, ich
weiß es, der Lindenbauer sah mich in den Wald gehen,
und das Tuch, welches Halldorf um den Kopf ge=
bunden hatte, ist das meine. Ich bin eine Erklärung
schuldig und will sie jetzt geben. Um wichtige An=
gelegenheiten zu ordnen, kehrte ich im Februar auf
meine Güter zurück. Bei dieser Gelegenheit sollte ich
auch einige werthvolle Gegenstände aus dem Ellern=
burgschen Hause hier abholen. Ich reiste also mit
meinem Kammerdiener hierher. Als ich alle Geschäfte
besorgt hatte kam ich auf den Einfall, noch einmal
die Gegend zu durchwandern, um von Flur und
Wald auf immer Abschied zu nehmen. Spät Abends
wanderte ich im Forste umher, und fand, anscheinend
leblos Herrn Hallrdorf, sah Blutspuren auf dem Schnee.
Ich richtete seinen Kopf auf, er öffnete die Augen,
schnell zog ich mein Taschentuch hervor und verband
seine Wunde, dann eilte ich, da ich natürlich ihn
selbst nicht fort tragen konnte, nach Gnadenort, weil
von der Capelle aus wo Hallrdorf lag, das Kloster
näher ist als Birkendorf.

Nachdem ich lange heftig an der Pforte geläutet
hatte und die Thüre einzuschlagen drohte, öffnete der
steinalte, stocktaube Pförtner und schien mich nicht zu
verstehen. Meine laute Rede rief den jungen Pater

herbei, den die Frauen in der Umgegend des Klosters
den schönen nennen. Er hörte mich an, versicherte
mir aber, daß es gegen die Ordensregel sei, des
Abends so spät das Kloster zu verlassen, es dürfe
nur davon abgewichen wenn ein Todtkranker die Ster=
besacramente begehre, und auf meinen Wunsch mich
dem Guardian zu melden, könne er nicht eingehen,
der hochwürdige Herr lese in seinem Brevier und
könne um so weniger von der Observanz abweichen,
da Halldorf Protestant sei. So kehrte ich zurück,
fand den Herrn Revierförster nicht mehr, und das
Mondlicht, welches mir frische Spuren von Menschen=
füßen und Schlittenkuffen zeigte, sagte mir, daß Herr
Halldorf ohne Zweifel bereits aufgefunden und mit=
genommen worden sei. Ich hatte nun nichts mehr
zu thun, als in das Haus zurück zukehren, auf welche
Weise ich in meiner Abreise gehindert wurde, wissen
Sie. Schon zu lange ward ich hier aufgehalten,
noch heute will ich fort, ohne Groll auf die Birken=
dorfer und erfreut über Herrn Halldorf's Genesung."

Bei den letzten Worten wandte er sich, die Hand
ausstreckend nach diesen und wer in Seelen zu lesen
fähig war, wie Halldorf, sah, daß des Barons
Rührung keine erheuchelte, und daß er froh bewegt
war.

Arm in Arm traten die beiden Männer aus dem

Haufe, Jeder im Orte sollte sie so vereint sehen. „Herr Baron," nahm Hallvorf jetzt das Wort, „lassen Sie uns gegenseitig vergeben und vergessen, und nehmen Sie dieses Kästchen an, welches Ihnen meine Frau durch mich zusendet."

Geyersfels öffnete es, nahm das Blättchen her= aus und zerriß es, den Ring reichte er Hallvorf sprechend: „zum Beweise, daß Sie von jedem Ver= dachte gegen mich, welcher Art er auch sei, frei sind, bitte ich Sie, nehmen Sie diesen Ring und geben Sie ihn Ihrer Frau Gemahlin. Er ist seit Jahr= hunderten in meiner Familie, eine Arbeit von Ben= venuto Cellini, und meine gute Mutter hat ihn ge= tragen. Ich habe das junge Mädchen Julie Falkner angebetet, wie es nur ein schwärmerischer Jüngling von zwanzig Jahren vermag, Ich habe Jahrelang meine erste Liebe nicht besiegen können, so oft ich auch meinen Verstand um Hülfe anrief. Ich habe die herrliche Frau mit meiner Leidenschaft bestürmt und durch diese gewinnen wollen, vergebens! Jetzt verehre ich sie, wie ein überirdisches Wesen und denke ruhig und glücklich an sie. O, wenn Frauen, wüßten, daß wir Männer lieber verehren, auf längere Zeit glückseliger sind, wenn wir statt der Venus eine Vesta finden, die Mädchen und Frauen würden weni= ger schwach sein."

Nach diesen Worten drückte Geyersfels dem Förster
die Hand und entfernte sich rasch.

XIV.

Bekenntnisse.

Am Johannistage desselben Jahres ging eine fröh-
liche Gesellschaft, bestehend aus Honoratioren Birkendorfs und der Umgegend in den Wald. Man
wollte auf Hallborf's Lieblingsplätzchen ein Pickenik
halten. Der Fröhlichste bei der Gesellschaft war der
Geometer, welcher heute die hübsche Müllerswittwe
seinen Freunden als Braut vorgestellt hatte. Die
alte Müllerin war Anfang Mai gestorben, und ihre
Erbin hatte den Altmühlscher, der ein schönes Vermögen
besaß, die Mühle verkauft, denn der Geometer zog doch,
trotz seiner Liebe für das Landleben, zum dauerndem
Aufenthaltsort die Stadt vor. Man lagerte sich im
Grünen, trank und scherzte, sang anmuthige Lieder
und war vom Herzen vergnügt.

Neben dem Glücklichen saß, blühend wie eine
frische Rose, die junge Braut; plötzlich blichen ihre
Wangen, starr richtete sie ihre Blicke auf den Mann,
der eben an der Gruppe vorüber gehen wollte und

höhnisch grüßte. Ein kläffender Spitz sprang auf den Wandrer zu und schnappte nach seinem langen Gewande.

„Verfluchter Hund!" schrie Pater Cölestin mit Zähneknirschen, und hob seinen dicken, mit Eisen beschlagenen Stock, der nahestehende Förster faßte den Arm des Paters, „schlagen Sie solch kleines Thier nicht, Pater!" rief Hallborf aus. Beide Männer wechselten einen Blick, aus dem des Grünrocks sprach Verachtung, aus des Kuttenträgers schwarzen Augen Haß und verbissene Rachsucht. Aber der Pater ließ die Hand sinken und sagte, sich etwas verbeugend im Vorübergehen: „Gelobt sei Jesus Christus!"

Später nahm der Förster den Geometer auf die Seite und flüsterte ihm zu: „ich weiß es jetzt, wer mich damals beinahe todt geschlagen hätte, doch hoffe ich, der Schuft wird mir aus dem Wege gehen."

„Ich weiß es auch, lieber Freund, Ihnen einzig will ich vertrauen, daß der Pater lange Zeit meiner Braut nachgestellt hat. Schwärmerisch und zu gebildet für ihre Umgebungen, fand Apolonia längere Zeit ihr harmloses Vergnügen an der Unterhaltung des Paters, ließ sich etwas eitel auf ihre zierliche Handschrift und ihren guten Styl verleiten, des Paters Bitte, ihm zu schreiben, zu erfüllen.

Frauen sind oft erschrecklich naiv, sie hatte in ihren Briefen manches in aller Unschuld gesagt, was eine boshafte Auslegung zuließ. Als der Pater der platonischen Liebe müde war und Apolonia sich zurückziehen wollte, bedrohte er sie mit Veröffentlichung ihrer Briefe. Seine Zuneigung für die junge Frau hatte sich in Haß verwandelt, er hatte unter allerhand Drohungen sie bewogen, an jenem verhängnißvollen Abende in die Kapelle zu gehen, wo Sie zu ihrer Rettung erschienen. Wäre der schöne Cölestin nicht ein Mönch, so wollte ich ihn bald das Handwerk legen, aber mit der Clerisei ist nicht gut Kirschen essen und jeder Einzelne wird von Allen geschützt, das hält sie, darin ist kein andrer Stand auf der Welt so klug. Ich halte es für gerathen, Apolonien nicht lange hier zu lassen; deßhalb drang ich darauf, daß sie ihre hiesigen Grundstücke verkaufte, obgleich etwas zu billig; allein ich habe sie aus Liebe gewählt und frage nicht nach ihrem Vermögen. In den nächsten Tagen werden wir in der Stille getraut und in der Residenz wird Pater Cölestin uns nicht aufsuchen.“

Während der Geometer seinem besten Freunde diese vertrauliche Mittheilung machte, hielt der Klosterbruder Zwiesprache mit sich selbst. Daß er durchschaut war, wußte er genau. Apolonien fürchtete der Pater

nicht, sie konnte seine Handlungsweise nicht verrathen
ohne ihrem Rufe zu schaden, auch kannte er ihren
einfachen, edel angelegten Charakter nicht genug, um
zu glauben, daß sie dem Geometer alles ehrlich beich=
ten würde, denn von ihrer Verlobung mit demselben
wußte der Pater jetzt. Aber Halldorf! er war nicht
der Mann, sich vor irgend wem zu fürchten, wenn
er gerechte Sache hatte.

Des Paters Verhältnisse im Kloster waren seit
neuester Zeit wesentlich verändert. Nirgends herrscht
wohl mehr Mißgunst und Klatscherei als in den hei=
ligen Mauern; zu hoch begünstigt war er vom Herrn
Guardian worden, als daß nicht dieser oder jener
Klosterbruder hätte versuchen sollen, den Obern ge=
gen Pater Cölestin einzunehmen. Er war jetzt in
der Klostersprache zu reden, um mehrere Pater noster
bei dem Herrn Guardian im Rückstande. Der alte
Herr Bischof, ein milder, freundlicher Mann, war
gestorben und der neue, ein scharfsinniger, ascetischer
Mann, welcher den Krummstab handhabte, als sei
er ein Schwert.

Schon oft hatte er, seit er die Herrschaft ange=
treten hatte, die Geistlichen seines Sprengels auf das
Plötzlichste überrascht, und ertappte er sie auf der
kleinsten Unregelmäßigkeit, dann wehe ihnen; er ge=
stattete ihnen nicht einmal einen gutbesetzten Tisch, ge=

gen ben in der Regel die Herren Bischöfe und Prä=
laten Nichts einzuwenden haben. Auch in die innern
Angelegenheiten der Klöster, die zu seinem Sprengel
gehörten, hatte er sich gemischt, man flüsterte, daß
Mönche in unterirdischen Kerkern schmachteten, wie
in früheren Jahrhunderten, und zwar wegen kleiner
Vergehungen gegen die strengste Disciplin, und redete
ihm nach, daß er in einem Nonnenkloster den frommen
Schwestern mit Vermauerung gedroht habe, wenn sie
noch einmal mit irgend einem Manne freundlich
sprächen, und sei es ihr Arzt. Pater Cölestin hatte
durchaus nicht Lust, den Zorn des Herrn Bischofs
zu reizen, er nahm jetzt eine demüthige Miene an,
kehrte, wenn er in Aufträgen des Guardians ausge=
gangen war, schnell zurück, und erwieß sich den
Fratres bei jeder Gelegenheit gefällig. Mit dem
tauben Pförtner stand er gut, denn diesen versorgte
er heimlich fortwährend mit dem besten Wein, den er
sich schon auf seinen Ausgängen bei reichen Frommen
zu verschaffen wußte, dafür ließ ihn der alte Trinker
auch sehr oft bei Nachtzeit zur Pforte heraus, und
ehe der Morgen graute herein und Pater Cölestin
war bei der Frühmette stets einer der Ersten in der
Klosterkirche.

Jetzt galt es den Revierförster unschädlich zu machen,
der Bischof hatte geäußert, daß er demnächst Gnaden=

That und Gedanke.   9

ort besuchen würde, und Halldorf war der Mann darnach, ungenirt seine bischöfliche Gnaden um Gehör zu bitten und den Pater anzuklagen.

Einige Tage hatte der Mönch nachgesonnen, wie er sich vor dieser Gefahr schützen könne. In Halldorf's Haus konnte er nicht kommen, im Walde den Gegner anzufallen, war auch nicht räthlich, da seit jenem Ueberfalle bei der Kapelle der Förster nicht mehr unbewaffnet ausging, allein ein so kluger Mann wie unser Pater geräth nicht so leicht in Verlegenheit.

Ein glücklicher Zufall, wie der Pater sich sagte, aber in Wahrheit die Nemesis fügte es, daß Pater Cölestin, als er für den erkrankten Pater Leobegar im Beichtstuhl saß, das Bekenntniß eines Mannes vernahm, welcher sich des Wilddiebstahls anklagte, und Absolution dafür begehrte.

„Das ist ein arger Frevel," sagte salbungsvoll der Pater, „und Ihr müßt dem heiligen Hubertus eine dicke Kerze weihen, das heißt das Geld dafür bei mir niederlegen, wenn ich Euch absolviren soll. Für die Kerze will ich schon sorgen und sie soll am dritten November am St. Hubertustage vor dem Bilde dieses Heiligen flammen." Pater Cölestin kehrte sich wenig an das Gelübbe; er war so gehorsam, als er mußte, so keusch, als es der äußre

Anstand erforderte und hatte heimlich immer etwas Geld.

Der Wildschütz zog seinen Lederbeutel heraus und legte einen harten Thaler in des Paters Hand und dieser sagte, indem er das Geldstück in seine geheime Tasche schob: „ich sehe, Ihr seid ein frommer Mann und Eure That reut Euch, darum will ich Euch einen Rath ertheilen; der Birkendorfer Förster ist Euch auf der Spur, bleibt fortan dem Revier dieses Mannes fern, sonst könnt es Euch schlimm ergehn. Er kennt Euch!"

„Der Birkendorfer, Schockschwerenoth, das ist nicht möglich, wenn ich auf die Jagd gehe, setze ich eine Fuchsrothe Perücke auf und färbe mein Gesicht schwarz."

„Das weiß ich, aber der Förster weiß es auch, er hat in meiner Gegenwart geschworen, Euch nieder=zuschießen wie einen tollen Hund, sobald er Euch im Walde sieht. Indes seid ruhig, Mann, laßt Euer heimliches Jagen und Euch wiederfährt Nichts. Mit dem Birkendorfer ist nicht zu spaßen, er ist ein Ketzer und zieht nicht einmal vor Christus am Kreuze den Hut."

Der Beichtsohn erhob sich von seinen Knieen, der Pater, ein Menschenkenner, dachte: „nun ist für den Förster gesorgt."

XV.

Ein Mord.

Die goldene Sommerzeit war vorüber, Halldorf und Julie hatten sie mit Dank gegen Gott genossen wie noch nie. Seit Julie den Todesengel so nahe an ihres Gatten Haupte gesehn hatte, war ihre herzliche Zuneigung und Hochachtung für ihn zur schwärmerischen Liebe erblüht, durch welche sie sich beglückt und erhoben fühlte, und Halldorf verehrte seine Gattin hoch und zeigte ihr dies in jedem Augenblicke ihres Zusammenseins.

Der Geometer hatte mit seiner jungen Frau Birkendorf verlassen, Halldorf's vermißten den heitern Freund, Julie wünschte sich die theilnehmende freundliche Frau herbei.

„Würdest Du sehr ungern von diesem Hause scheiden, Julie?" fragte Halldorf, „ich habe in letzter Zeit daran gedacht, um eine frei gewordene Stelle in der Residenz zu bitten, Arthur hat in dem kleinen Gymnasium des Städchens nicht Gelegenheit genug, seine glänzenden Anlagen auszubilden, und die andern Kinder bedürfen jetzt auch bessern Unterricht, als sie hier erhalten können."

„Dieselben Gedanken sind auch mir gekommen

lieber Friedrich, auch seh' ich Dich seit jenem Schreckens-
tage nie ohne geheime Angst in den Wald gehen,
vielleicht habe ich Unrecht, aber ich fürchte den Pater
Cölestin."

„Ich nicht, denn ich bin stets bewaffnet. Das
Klügste und zugleich das Beste, was der Pater thun
könnte, wäre, den Stand zu verlassen, zu welchen
er nicht paßt, die Kutte auszuziehn, Protestant zu
werden und seine schöne Stimme beim Theater zur
Geltung bringen, was ihm in jeder Beziehung gelingen würde. Jetzt will ich in den Forst, einige
Bäume bezeichnen, welche in diesen Tagen gefällt
werden müssen. Ich habe wegen meiner Versetzung
einen einflußreichen Freund gebeten, der im Ministerium
des Innern arbeitet und wenn heute eine angenehme
Antwort von ihm käme, sollte es mich doppelt freuen,
da Du, liebe Julie, mit mir einverstanden bist. Ich
könnte dann weitre Schritte thun. Der Förster hing
seine Jagdflinte um, küßte Julien die Stirn und ging.

Spät Abends, als Julie das Abendbrot auftragen
ließ, weil sie Halldorf jeden Augenblick erwartete,
brachte der Postbote einen Brief aus der Residenz
mit einem großen Siegel, er kam aus dem Ministerium
des Innern.

Erregt und erwartungsvoll betrachtete sie das
Schreiben, da es aber an Halldorf adressirt war,

legte sie es auf seinen Schreibtisch. Es war schon spät, als das Bellen von des Försters großen Jagdhunde und sein elastischer Schritt seine Nähe verkündete.

Erfreut eilte sie ihm entgegen und rief: „Gott sei Dank, daß Du da bist, mir bangte heute und ich fand nur Trost im Gebet."

„Auch ich preise mich glücklich, wieder bei Dir zu sein und habe keine Neigung länger hier zu bleiben. Um Dich nicht zu ängstigen, habe ich es Dir verschwiegen, daß seit einiger Zeit die Wildschützen es wieder arg treiben. Heute ging ich ihrer Spur nach, in der Kapelle fand ich wohl versteckt einen erlegten Hirsch, Caro hat ihn aufgestöbert, er war mit Laub und Erde bedeckt. Ich holte, da der Forstgehülfe und Wilhelm noch immer von ihrer Tour nicht zurück sind, mir einen Tagelöhner aus dem Dorfe, der den Hirsch aufladen mußte; draußen in der Hausflur liegt das edle Thier, obendrein recht jämmerlich zerschossen, und wenn heute Nacht der Wildschütz kommt, hahaha, dann wird er seine Beute nicht mehr finden. Ich hörte vom Gehülfen, daß der lange Ignaz verdächtig ist und werde ein scharfes Auge auf ihn haben."

Julie legte ihrem Gatten vor und nachdem er den Speisen tapfer zugesprochen und ein Glas Wein geleert hatte, brachte sie ihm den Brief.

Rasch erbrach Halldorf das Schreiben, es mußte
Wichtigkeit enthalten, denn lange Zeit schaute er in
das Papier, er schien es zweimal zu lesen, endlich
faltete er es zusammen und sagte: „ich bin heute
müde, liebste Julie; was ich hier erfahre, müssen
wir morgen gemeinschaftlich überlegen; verschone mich
heute, damit Du aber ruhig schlafen kannst, so sei
versichert, daß dieser Brief Ehrenvolles und Gutes
enthält."

Julie reichte ihm vertrauend die Hand.

Im Forsthause waltete der Friede. Glücklich und
rosig schlummerten die Kinder auf ihren schneeweißen
Kissen, im Nebenzimmer hatten die Eltern Ruhe ge=
funden und das Mondlicht bestrahlte Juliens auch im
tiefen Schlafe schönes Antlitz. Mit gefalteten Hän=
den träumte die alte Magd, Alles war still, auch
die Hausthiere schliefen. Im Dorfe selbst war außer
dem Nachtwächter Niemand munter.

Ging es auch im Walde so ruhig zu?

Der Wildschütz hatte den Morgen in aller Früh
einen Hirsch geschossen und ihn in der Waldkapelle
verborgen. Gegen Abend wollte er ihn holen und
hatte deßhalb einen großen Sack und einen Schub=
karren mitgebracht aber er gewahrte von Ferne Hall=
dorf und wich ihm geschickt aus, so daß er stets den
Förster im Auge hatte, ohne von diesem gesehen zu

werden. Endlich fand er die Luft rein. Aber wer beschreibt die Wuth, die ihn erfaßte, als er den Hirsch nicht mehr fand. Kein Andrer als der Förster konnte ihm diesen schändlichen Streich gespielt haben. Er hätte Hallborf am liebsten zerreißen mögen und schwur ihm Rache. Doch er dachte auch daran, daß der Schaden, den er eben erlitten hatte, ersetzt werden mußte. Der Mond schien hell, er hatte gestern unweit von den alten Fichten ein Reh gesehn, diesem spürte er jetzt nach.

Der Wind trug den Schall der großen Glocke des Klosterkirchthurmes zu den Ohren des Wildschützen. Es schlug Elf.

„Die faulen Mönche schnarchen auf ihrem Lager," brummte der Mann, „Unsereiner muß sich placen, um auch einmal ein Glas von dem guten Wein trinken zu können, welchen sie humpenweise hinunterschlucken. Wenn sie nur nicht die Macht besäßen, zu verdammen und zu absolviren, dann! — Aber es will doch Keiner im Fegefeuer bleiben."

Aber nicht alle Mönche schlummerten; sobald es still im Kloster war, hatte Pater Cölestin mit Hülfe des Pförtners die heiligen Mauern verlassen, um auf geflügelten Sohlen dem Marktflecken zuzueilen, wo er erwartet wurde. In der hohlen Eiche barg er Kutte und Sandalen, schnell hatte er seine Verkleidung angelegt und schritt nun, wohlbekannt mit den nächsten Wegen, quer durch den Wald.

Hinter den Brommbeerbüschen raschelte es; es war ein Reh; bei den alten Fichten regte sich's, den Pater störte das nicht, er hatte Eile. Plötzlich fiel ein Schuß, der Pater stieß einen Schrei aus und sank zu Boden. Der Wildschütz, wähnend, seinen Feind getroffen zu haben, trat hinter den Bäumen hervor und erblickte im Jagdkleide den Mönch, welcher noch einmal zusammen zuckte und dann starr und stumm auf dem Rasen lag.

Wie von Furien verfolgt, stürzte der Wildschütz fort.

Am andern Tage fanden Holzhauer den Leichnam und machten Anzeige bei dem Gericht. Niemand begriff wie der Pater in diesen Anzug gekommen sei; für die Klosterbrüder blieb dieses schauerliche Ereigniß ohne Folgen. Der Bischof brachte es dahin, daß die Untersuchung niedergeschlagen wurde. Er hatte die Ehre der Clerisei zu wahren, aber der nachsichtige Guardian wurde versetzt, und der bestechliche Pförtner mußte einen Monat im unterirdischen Gefängniß bei Wasser und Brot schmachten.

Der Wildschütz ging in sich, nie wieder rührte er ein Gewehr an und meldete sich in einiger Zeit zum Laienbruder in Gnadenort.

XVI.

Chriſtabend.

Es war Chriſtabend. In einem, den Wohlſtand und Geſchmack der Bewohner verrathenden großen Gemache ſtand eine ſchöne Frau. Sie hatte den letzten Blick auf die lange Tafel gerichtet, welche mit Weihnachtsgeſchenken bedeckt war, und ſchien mit dem Ganzen zufrieden. Auch den Tannenbaum, den ihre Hände zierlich geſchmückt und mit Kerzchen ver= ſehen hatten, betrachtete ſie lange. Ein leiſer Seuf= zer entſchlüpfte ihren Lippen, ſie dachte der Zeit, in welcher ſie täglich die Tannen des Waldes geſchaut, ihren würzigen Duft eingeathmet hatte.

Jetzt trat ſie an das Fenſter und ſchaute auf den großen Platz, auf welchen es durch die Gasbe= leuchtung und die vielen Lampen und Lichter in Läden und Buden ganz hell war. Dieſes Schauspiel war ihr neu, ſie freute ſich der raſch vorwärtsgehenden mit Sachen beladenen Menſchen, welche ihrer Hei= math zu eilten, die Ihrigen zu erfreuen.

Julie, denn ſie war die Bewohnerin dieſes Zimmers, hatte erſt vor Jahresfriſt, kurz nach Weihnachten mit ihrer Familie die Reſidenzſtadt bezogen. Halldorf war an die Stelle des alten Oberforſtmeiſters be=

förbert worden. Er verdiente diesen ehrenvollen Posten, weil er aber noch jung war, hatte er sein Amt, wie es offiziell in den Zeitungen hieß, laut allerhöchsten Beschlusses bekommen.

Julie erfreute sich jetzt des Glückes, alle ihre Kinder um sich zu haben, und ihre alten Freunde, den Geometer und seine Gattin.

Ihrem regen Sinn für alles Schöne that es doch wohl, daß sie in der Hauptstadt edle Kunstgenüsse kennen lernte und sich in Räumen befand, welche für ihre Schönheit und ihr ganzes Wesen geeigneter waren, als das einfache Forsthaus, obgleich sie oft und gern an dieses Asyl im Grünen dachte.

Jetzt öffnete sich leise die Thür, Julie blickte auf und sah Hand in Hand mit ihrem Gatten Wilfried eintreten.

Der Baron von Geyersfels verbeugte sich ehrerbietig vor Julien und sagte: „es ist heute ein allgemeiner Freudentag, wo man Geschenke giebt und empfängt, auch ich komme heute mit des Oberforstmeisters Erlaubniß, ein Geschenk Ihnen zu bringen und eins für mich zu erbitten, wollen Sie dies gestatten, gnädige Frau?"

„Was Halldorf Ihnen versprochen hat, Excellenz, werde ich natürlich anerkennen", entgegnete Julie.

„Ich bitte, gnädige Frau, verschonen Sie mich

mit diesem Titel, ich verdiene als Ihr aufrichtigster Freund und Bewunderer einen minder kalten Ton."

Der Oberforstmeister neigte bei diesen Worten zustimmend sein Haupt, Geyersfels fuhr fort, „hören Sie mich an, meine lieben Freunde. Wie tief ich ihr schönes Bild im Herzen trug, wie treu ich dasselbe bewahrte, ist Ihnen Beiden bekannt. Jahre lang durchstreifte ich die Welt, als ein finstrer Menschen= hasser, welcher die Frauen mied. Als ich vor zwei Jahren nach Birkendorf kam, meine arme Schwester zu besuchen, deren heißes Herz bei der Pyramide des Cestius Ruhe gefunden hat, sah ich Sie, verehrte Frau, wieder, schöner als jemals. Ich bekenne offen, ich liebte Sie damals mit glühender Leidenschaft, und, so seltsam geartet ist das Menschenherz, zu= weilen peinigte mich die heftigste Rachsucht gegen Sie, in welcher ich die Zerstörerin meines Lebensglückes sah. Ich wollte Ihnen Ihren Sohn, den Ihnen sprechend ähnlichen, schönen Arthur entziehn, ihn an mich fesseln, ihm Genüsse kennen lehren, welche Ihr einfaches Haus ihm nicht bieten konnte. Dann suchte ich Sie zu gewinnen, Sie, die Treue, die Reine! Ich denke noch mit Beschämung daran und bitte: „vergeben Sie mir, verehrte Frau."

Ein leises Lächeln glitt über Juliens edle Züge, um schnell wieder heiligem Ernste zu weichen.

Sie reichte dem Baron die Hand, er küßte sie ehr=
furchtsvoll, dann sprach er weiter: „zurückgewiesen
von Ihnen gnädige Frau, verließ ich Birkendorf.
Ich bekenne jetzt, denn ich muß die Last von meiner
Seele wälzen, daß ich niemals daran gedacht habe,
Hallborf mit eigener Hand zu tödten, aber — und
dunkle Gluth überzog bei den nachfolgenden Worten
des Barons Gesicht — ich würde mich über seinen
Tod gefreut haben. Eine Thatsünde. beging ich
nicht, aber eine Gedankensünde. Können Sie mir
vergeben, meine Freunde?"

„Wer ist gänzlich frei von Gedankensünden?"
fragte Julie.

„Auch ich, Exellenz, dachte nicht immer mit christ=
licher Liebe an Sie, aber That und Gedanken sind
zweierlei und wir haben gegenseitig zu vergeben und
zu vergessen," sagte Hallborf.

Nach einer Pause sagte Geyersfels: „ich ging mit
meiner kranken Schwester nach Rom, die Sorge um
diese schwächte meine Leidenschaft für Sie, gnädige
Frau. Eine junge liebenswürdige Dame, Gräfin
Ellernborf, des Grafen Nichte, begleitete Sibonien.
Im nähern Umgange mit diesem sanften Mädchen
zog allmählig Frieden und endlich Glück in meine
Jahrelang glücklos gewesene Seele ein. Unser Fürst
Waldemar kam nach Italien, um die letzten Tage der

armen Sibonie zu verschönern. Er hat schwer an
meiner Schwester gesündigt, er liebte sie und wird
sie nie vergessen, allein ich will ihn nicht verdammen.
Es gehörte ein eiserner Charakter dazu, um des
geliebtesten Weibes willen Vaterfluch auf sich zu
laden. Im näheren Umgange mit dem Landes=
herrn, wurde ich sein Freund. Er und ich, wir
hatten Beide an Siboniens Sarge geweint. Ster=
bend hatte die Verklärte uns zugeflüstert: „seid Freunde
fortan!"

Julie blickte den Baron mit feuchten Augen an,
er fuhr fort: „so bin ich denn auf Waldemar's Wunsch
Minister des Innern, und hoffe, daß ich noch Zeit
genug behalte, um begonnene Reformen glücklich durch-
zuführen. Jetzt, wo ich überzeugt sein kann, daß Sie
mir verziehen haben, frage ich Sie, wollen Sie mein
Geschenk annehmen?"

„Gewiß, o gewiß, mit Freuden!" riefen Halldorf
und Julie.

„Wohl, ich habe Ihr Wort. So schenke ich Ihnen
denn in meiner jungen Gattin eine Freundin, ich habe
oft zu ihr von Ihnen gesprochen, verehrte Julie, und
werde sie Ihnen in einer halben Stunde zuführen,
wenn ich die Erlaubniß dazu erhalte, bei Ihnen den
Christabend feiern zu dürfen."

„Wir werden glücklich sein, Baron, diese liebens=
würdige Dame kennen zu lernen," sagte Julie.

„Das Geschenk, welches ich von Ihnen erbitte,
ist: Ihr Arthur! Ich will Ihnen den Sohn nicht
rauben, nur lassen Sie ihn oft bei mir sein, mich
mit für die Ausbildung seiner glänzenden Naturgaben
sorgen und ihm dereinst eine Stellung bereiten, so wie
sie sich für sein reich und poetisch angelegtes Naturell
ziehmt. Arthur würde in einfachen Verhältnissen
ein unzufriedner Mensch sein, vielleicht untergehen,
aber in glänzenden wird er Herz und Geist zum
Besten seiner Mitmenschen benutzen. Schenkt mir
der Himmel keinen Sohn, erbt Arthur mit Zustim=
mung des Landesherrn die Geyersfelsfischen Besitzungen,
im Gegenfall wird er dennoch gut gestellt, denn seit
ich ihn kenne, habe ich angefangen für ihn zu sparen.
Ich habe Ihr Wort, lieber Halldorf, theure Frau,"
er hielt inne, und sah das Elternpaar fragend an.

„Sie haben es, Herr Minister! Sie beurtheilen
unsern Sohn Arthur ganz richtig."

Julie neigte nur zustimmend das Haupt, zu spre=
chen vermochte sie nicht.

Glockengeläute, zur Christmette rufend, durchschallte
die Stadt. Julie und die beiden Männer falteten
die Hände, und durch das Gemach schwebte der Engel
des Friedens.
